Pall Mall
und andere Geschichten

Pall Mall
und andere Geschichten

von

Patrick Michael Nitti

Layout: Lars Filzen, Oliver Harjung, Marc Nitti

Copyright: Alle Rechte liegen bei Patrick Michael Nitti
April 2003

Herstellung: Books on Demand GmbH, Norderstedt

ISBN: 3-8330-0530-0

Für sie,
für seinen Freund
und für all die anderen

Inhalt :

Wenn man oben steht und herunterschaut
kann man den ganzen Park sehen.
Man hat auch einen weiten Blick über die
ganze Stadt.
Wenn man sich bemüht und über die Häuser
schaut, und nochmal schaut, und ganz genau
schaut, kann man viel sehen.

Es war ein kalter Morgen.
Normalerweise stand er nicht so früh auf.

Die Luft war klar und er spürte die Kälte.
Er ging weiter auf dem Pfad.

Der kleine See war gefroren.
Ein paar Einzelne waren schon auf um Schlittschuh zu laufen.

Auch der Bach, der in den kleinen See floss, war zugefroren.

Er ging weiter.

Seit langem war er das erste Mal wieder hier im Park.
Quer über die große Wiese.
Er setzte sich auf eine Bank.

Die immer höher steigende Sonne fing an warm zu werden.
Man konnte die Stadt am Rande des Parks erkennen.
Die Dächer und Türme so nah, doch irgendwie weit weg.
Er blickte hoch, die rote Sonne blendete ihn in den Augen.
Doch er senkte nicht seinen Kopf.
Er konnte nur rotgelbe Strahlen erkennen.

Jedoch unten, am Rande seines Blickfeldes, sah er die Umrisse des Pavillons auf dem kleinen Hügel, der nicht weit weg von ihm war.

Er blickte auf den Boden.

Dann schaute er wieder hoch und fing an nachzudenken:

Pall Mall ohne Filter

„ Ich hab gerade noch drei Mark", rief er seinem Freund
zu, der gerade angeschlendert kam.

„ Gut, ich habe auch noch .... eine", erwiderte der Freund,
nachdem er in seiner Hosentasche wühlte und die Münzen
in der flachen Hand gezählt hatte.

„ Dann haben wir genug!"

„ Wie ausgemacht, oder?"

„ Haben wir doch gesagt! Außerdem kommst Du zu spät.
Es ist schon Viertel nach drei."

„ Reg Dich nicht auf! Ich hab noch meine Hausaufgaben
machen müssen und meine Mutter hat mich nicht
weggelassen."

„ Schon gut, also gehst Du oder geh ich?"

„ Du gehst."

„ Warum ich?"

„ Es war auch Deine Idee!"

„ Es war nicht meine Idee. Es war unsere Idee.
 Aber es ist egal, ich geh ja schon."

Die beiden Freunde hatten sich fast jeden Nachmittag an
derselben Straßenecke nach der Schule getroffen. Meistens

von drei bis halb sieben. Dann war wieder Zeit für Abendessen.

Der U-Bahn -Kiosk war nur über der Straße.

„ Oder gehen wir doch besser zum Automaten?", meinte er.

„ Ja schon, aber Du siehst ja, wir haben nicht das richtige Wechselgeld", erwiderte sein Freund.

„ Okay, okay."

Er überquerte die Straße, während sein Freund weiter an der Ecke blieb um auf ihn zu warten. Er ging auf den Zeitungskiosk zu, merkte Schritt für Schritt, wie sein Atem etwas kürzer wurde. Nicht so viel, aber trotzdem ein bisschen.
Es wäre ihm lieber gewesen, der andere wäre gegangen.

„ Ja bitte ?", fragte der Kioskmann hinter seiner Scheibe.

„ Eine Packung Pall Mall ohne Filter, bitte", stieß er in klarster Stimme raus, Ansätze von Nervosität wohl unterdrückt gehabt zu haben.

„ Bitteschön, macht vier Mark."

Er gab ihm das Geld durch das Fenster und nahm die Schachtel.
Dem Kioskverkäufer war es scheinbar egal, wer was von ihm abkauft;
trotzdem entfernte er sich ziemlich schnell vom Kiosk und rannte wieder rüber zur anderen Straßenseite, jedoch nicht ohne ein Gefühl des Triumphes, nicht zuletzt wegen der bestandenen Mutprobe, auch gegenüber seinem Freund.

„ Ich hab sie."

Sein Freund schaute auf die Packung Pall Mall ohne Filter.
„ Wie kommst Du darauf, wieso auch noch ohne Filter?"

„ Hab ich mal im Fernsehen gesehen, da hat einer so was
geraucht.
Außerdem dachte ich, es fällt nicht so sehr auf, wenn ich
so was kaufe, als einfach nur die normalen. Ich meine, es
schaut mehr nach Kenner aus , also nach meinen Eltern
oder so."

„ Wie Du meinst", erwiderte der Freund etwas zweifelnd,
jedoch auch irgendwie zustimmend.

„ Okay, wo gehen wir hin?"

„ Wir gehen rüber zu dem Parkplatz, wo uns keiner sieht."

Sie gingen eine Querstraße weiter auf einen Parkplatz,
hinter einer Autoreparaturstation.
Hier würde sie keiner entdecken.

„ Feuer!"

„ Was?"

„ Ja, Feuer! Wenn wir rauchen wollen, brauchen wir Feuer:
Zündhölzer oder ein Feuerzeug!"

„ Ja, ja, ich weiß schon, ich weiß. Ich habs mitgebracht, hab
nur grad nicht daran gedacht."

Er wühlte wieder in seiner Tasche und fischte eine
Zündholzschachtel heraus, die er mitgebracht hatte.

„ Hier sind meine Streichhölzer!"

Er öffnete die Zigarettenschachtel sehr sorgfältig. Er riss sie nicht einfach auf, sondern öffnete sie oben am Paket seitens des Steuerzeichens, so dass das Paket oben nur an einer Seite offen war, in der Art, dass man die Zigaretten von oben nur an einer Seite herausnehmen konnte. Wenn man die Schachtel dann auf den Handrücken klopfte, sprangen die Zigaretten aus der Öffnung heraus. Das war die lässige Art, wie er es sich abgeschaut hatte.

„ Hier, nimm eine!"

Sie nahmen beide eine Zigarette.
Sie zündeten sich beide eine Zigarette an, drehten sich aber vorher noch um, um zu sehen, ob nicht jemand zuschauen würde.

„ Nicht schlecht", meinte der eine, nachdem er einen Mund voll Rauch nahm und den Rauch beim Ausatmen weit von sich blies.

„ Ist okay!"

„ Neulich war ich aber wo, da haben die anders gerochen."
„ Vielleicht war das eine andere Marke?"
„ Können wir ja dann das nächste Mal ausprobieren."

Beide nahmen wieder einen Mund voll Rauch.

„ Hey, Du paffst ja nur", warf er seinem Freund vor.

„ Ist überhaupt nicht wahr."

„ Kannst Du denn auf Lunge rauchen?"

„ Sicher kann ich das. Man muss den Rauch einfach einatmen und ihn nicht nur im Mund halten. Du weißt doch, wie die anderen das machen:"

„ Schau her, so geht das!"

Er atmete dreimal ein und aus, steckte dann eine Zigarette in seinen Mund und atmete tief ein.
Der Rauch ging durch seinen Mund in die Luftröhre in seine Lunge.
Im nächsten Moment ging der Rauch wieder in einem großen Atemzug raus.
Schon beim Einatmen merkte er ein ganz leichtes Schwindelgefühl und für eine halbe Sekunde war ihm sogar etwas schwarz vor den Augen.
Er hat sich aber sofort wieder gefasst.

„ So geht das!", gab er an.

Von seinem kurzen unangenehmen Gefühl hatte sein Freund nichts gemerkt und er ihm natürlich nichts gesagt.
Sein Freund hatte es daraufhin selbst probiert, derselbe tiefe Zug, natürlich das gleiche kurze Schwindelgefühl.
Natürlich auch, ohne davon zu berichten.

So haben die beiden die nächste halbe Stunde durchgepafft und durchgeatmet.

„ Du, ich muss jetzt gehen!"

„ Wieso denn jetzt schon, wir können doch noch zu den anderen gehen."

„ Ja, aber ich muss nach Hause. Mein Vater ist auf Besuch und ich sollte ein bisschen eher zu Hause sein."

„ Na gut, also bis Morgen... Warte hier, noch einen Kaugummi für den Atem. Nimmst du die Schachtel?"

„ Danke, also bis dann."

Er packte die Zigarettenschachtel in seine Jackentasche, nahm ein Stück Kaugummi und machte sich auf den Weg nach Hause.
Sein Freund schlenderte in die andere Richtung.

Nach ein paar Minuten kam er zu Hause an.
Sein Vater war nach ein paar Monaten wieder auf Besuch.

„ Hallo ich bin wieder da", rief er, als er die Wohnungstür öffnete und gleich in sein Zimmer rannte.

Er hängte seine Jacke an den Haken an der Innenseite seiner Zimmertür und ging rüber zu seinem Schreibtisch und fing an für den nächsten Morgen seine Schultasche zu packen...
Mathe, Englisch und zwei Stunden Geschichte..

„ Bist Du eben nach Hause gekommen? Wir haben Dich doch eben nach Hause kommen hören. Kommst Du..!", rief seine Mutter aus dem anderen Zimmer.

„ Ja ich komme. .. Ich packe nur meine Tasche", rief er etwas widerwillig zurück.

Er kramte noch ein paar Minuten weiter.
Es klopfte an seiner Tür.

„ Hallo, mein Junge, wo bist Du denn?"

Es war sein Vater, wie immer gut gelaunt.

„ Warum kommst Du nicht?", sagte der Vater.

„ Ich komme gleich, ich wollte nur noch meine Tasche
packen... für morgen, ich wäre gleich gekommen", sagte er
zu seinem Vater.

„ Also, wir sehen Dich dann gleich. Also, bis gleich..."
„ Da fällt mir ein", er zögerte kurz „ Deine Mutter sagte,
Du hättest den Garagenschlüssel, den Du mir kurz leihen
könntest. Kannst Du mir den schnell geben?"

„ Ja sicher, der Garagenschlüssel ist dort in meiner
Jackentasche", erwiderte er, ohne zu überlegen.
Er zeigte auf seine Jacke, die am Haken an der Tür hing.

In dem Moment, in dem er dies aussprach, merkte er
plötzlich was er sagte.
„ Die Schachtel mit den Zigaretten!", ging ihm wie ein
Blitz durch den Kopf.
Aber es war zu spät; sein Vater durchsuchte schon die
Jacke nach den Taschen und deren Inhalt.

Wie konnte das passieren, hätte er doch selbst die
Schlüssel geholt!
An alles hatten sie gedacht, doch nicht an so was!
Was für ein Fehler!

Und natürlich holte sein Vater als Erstes nicht die Schlüssel
aus der Jacke, sondern die Zigarettenschachtel.
Er hielt die angebrochene Schachtel Pall Mall ohne Filter in
der Hand und ging auf ihn zu.

Sein Herz fing an zu pochen und sein Atem stockte.
Aber jetzt nicht nur ein bisschen wie beim Mann am Kiosk.
Die Sekunden vergingen wie eine Ewigkeit.

„ Du rauchst?", kam die Stimme seines Vaters ruhig.

Er hatte etwas Angst, aber er war sich nicht sicher, ob bei der Frage eine Strenge im Unterton zu hören war.

Er rang um eine passende Antwort, wie ein Verbrecher, der auf frischer Tat ertappt wurde um doch noch der Situation entfliehen zu können.

Man hatte ihn bei seinem `Verbrechen` entdeckt.
Sein Vater wird bestimmt schreien und schimpfen, es seiner Mutter sagen, vielleicht dürfte er nachmittags nicht mehr weg."
Seine Mutter wäre total böse.

Seine Augen blickten groß und verängstigt seinen Vater an.

„ Du hast doch nichts dagegen, wenn ich mir auch eine nehme?", hörte er auf einmal die Stimme seines Vaters.

„ Pall Mall ohne! Die sind ganz schön stark. Weißt Du das?" sagte sein Vater, während er immer noch nach einer passenden Ausrede suchte.

Daraufhin steckte sein Vater sich eine Zigarette in den Mund, vorher die Schachtel auf den Handrücken klopfend.

„ Also, ich habe die Schlüssel und Du kommst doch gleich?"

Der Vater steckte die Schachtel wieder in die Jacke am Haken, zündete sich mit seinem eigenen Feuerzeug die Zigarette an und ging damit wieder aus dem Zimmer.

Sein Herzklopfen hatte sich beruhigt und er war wieder ruhig.

Er atmete tief durch. Dies hatte er nicht erwartet.
Alles noch mal gut gegangen.

Dies wird er morgen seinem Freund erzählen.
Er fing an zu lächeln und fühlte sogar einen gewissen Stolz,
ein so erwachsener Junge zu sein, jedenfalls als so einer
behandelt zu werden.

„ Kommst Du endlich ?", rief seine Mutter erneut.

Er saß noch da und starrte auf die Jacke an der Zimmertür.
Auf die darin verbotene Schachtel Zigaretten.
Er saß dort noch mehrere Minuten.

Doch es wich die Freude.
Es wich der Stolz.

Er war auf einmal sehr, sehr traurig.

Es war drei Uhr am nächsten Tag.

„ Hi, wie geht's, ist Dein Vater noch da?", begrüßte ihn
wieder sein Freund.

„ Der ist heute morgen wieder weggefahren."

„ Wie war's ?"

„ Keine Ahnung, ...wie immer", er winkte mit seiner Hand
ab.

„ Wo gehen wir hin?", fragte er seinen Freund.

„ Keine Ahnung...
ach ja, hast Du die Schachtel dabei?"

„ Sicher hab ich die Schachtel dabei", erwiderte er.

„ Rennen wir?", fragte sein Freund.

„ Wohin?"

„ Einfach bis ans Ende der Straße."

Sein Freund klopfte ihm auf die Schulter und die beiden fingen an zu rennen.

Der Falke auf dem Kirchturm

Oben auf dem Kirchturm, dem schönsten Kirchturm der Stadt, hatte ein Falke sein Nest. Er hatte es dort schon viele Jahre.
Eigentlich konnte man es gar nicht sehen, weil der Turm so hoch war und weil das Nest etwas versteckt war.
So hatte es, außer ihm, kaum einer gewusst.
Jedenfall, wenn man genau hochblickte, konnte man das Nest erkennen und auch manchmal den Falken, wenn er über die Stadt flog und unter sich die Leute wusste.

Manchmal, wenn er an der Kirche vorbeilief und hochschaute, konnte er den Falken fliegen sehen. Er hatte dann immer das Gefühl, der Falke würde die kleinen Menschen unten beobachten.

Er hatte mit ihr schon ein paar Mal gesprochen, doch nie mehr als zwei, drei Sätze.
Doch diesmal hatte er sie zum Kaffeetrinken eingeladen.
Sie hatten sich eine Stunde lang sehr gut unterhalten.
Danach wollte er sie zur U-Bahn begleiten.

„ Lass uns doch noch ein bisschen spazieren gehen", schlug sie ihm vor.

„ Sehr gerne", antwortete er.

Es war ein wunderschöner Frühlingstag. Einer der Ersten im Jahr. Es war warm genug um ohne Mantel zu gehen, obwohl die Sonne schon sehr tief stand.

Sie spazierten für ein paar Minuten, als sie am Kirchturm vorbei liefen.

„ Weißt Du, dass dort oben ein Falke sein Nest hat? Manchmal, wenn man hochschaut, kann man ihn fliegen sehen. Ich glaube, er beobachtet uns hier unten. Manchmal habe ich sogar das Gefühl,er passt auf uns auf! “, erklärte sie ihm beim Vorbeigehen.

Es hatte ihn nicht überrascht, dass auch sie das Nest kannte. Aber er freute sich dennoch darüber.

Sie spazierten weiter bis es fast schon dunkel war.
Sie verließen die Altstadt und gingen weiter am großen Tor vorbei. Vorbei an den alten Jugendstilhäusern.

Für fast eine Stunde redeten sie und unterhielten sich über so vieles, über das er schon lange nicht mehr geredet hat.

Die Minuten vergingen wie Sekunden und die Stadt sah so schön aus wie noch nie.

„ Ich bring Dich am besten gleich ganz nach Hause“, schlug er vor.

„ Gut, es sind nur noch ein paar Straßen weiter“, erwiderte sie.

Er brachte sie an die Haustür.

„ Ich hoffe, wir können bald wieder zusammen spazieren gehen?“, fragte er sie.

„ Ich hoffe auch bald“, sagte sie.

Sie verabschiedeten sich.
Die Sonne war nun fast schon untergegangen.

Er blickte nochmal hoch in den Himmel.

Obwohl es schon fast dunkel war, konnte er ihn auf einmal erkennen.

Es war der Falke, der über ihn hinwegflog.

Er war sich nicht sicher, aber glaubte auf einmal, dass er die ganze Zeit über ihnen war.

Lancaster Bar

„ So, was kann ich für Euch tun?"

„ Ein Bier, bitte."

„ Für mich auch."

Die dicke Frau ging wieder hinter ihre Theke und lächelte die beiden von hinter der Theke an.
Sie lächelten beide etwas gezwungen zurück.

„ Glaubst Du, die hat gemerkt, dass wir noch nicht achtzehn sind?"

„ Und wenn schon, das ist der egal", erwiderte der Freund

Sie kam gleich mit zwei Bieren zurück.
Die beiden stießen an.

„ Hast Du mitbekommen, dass das Bier hier fast einen Zwanziger kostet."

„ Ja, aber das haben wir doch eingeplant."

Die Bar befand sich im Untergeschoß. Von der Straße aus musste man die Treppen heruntergehen. Der Raum, unten angekommen, war etwas länglich. Über die eine längliche Seite ging eine lange Bartheke durch fast den ganzen Raum. Am vorderen Ende des Raumes war eine kleine Bühne. Am hinteren Ende war eine Leinwand aufgestellt. Sonst war der Raum voll mit kleinen runden Tischen.

Gleich am Eingang, das heißt, unten gleich neben der Treppe, befand sich noch ein kleines Zimmer. Darin saß ein Mädchen und schaute in einen Fernseher.

Der Raum war dunkel. Kleine rote Leuchten, die auf den Tischen standen, gaben Licht. Sonst war das Licht noch leicht gedimmt.
Auf der Leinwand wurden 8mm - Filme gezeigt.
Im ganzen Lokal waren, außer ihrem, noch zwei, drei andere Tische besetzt.
Jeweils zwei ältere Männer, die gespannt dem Film zuschauten. Am anderen tranken ein Mann und eine Frau zusammen eine Flasche Sekt und kicherten dabei unentwegt.
Der Ton war zwar auf ´leise` gestellt, dennoch war das Gekreische und Gestöhne vom Film nicht zu überhören.

„ Ist das nicht irgendwie eigenartig, dass hier die ganze Zeit so Filme laufen?", fragte er seinen Freund.

„ Ja sicher ist das irgenwie eine Sauerei. Aber wahrscheinlich mögen das halt manche."

Sie tranken wieder von ihrem Bier.
Die dicke Frau hinter der Bar lächelte wieder und machte Zeichen in das kleine Zimmer.
Etwas verlegen, doch ihre Unsicherheit nicht zeigen wollend, lächelten sie zurück.

„ Hallo, wie geht's Euch. Vielleicht kann ich Euch ein bisschen Gesellschaft leisten?", sprach auf einmal eine Stimme sie an. Es war das Mädchen, das im kleinen Zimmer gesessen ist.

Das Mädchen war hübsch anzusehen und auch sehr reizvoll, doch gleichzeitig etwas sehr Altes zeichnete ihr Gesicht.
Auch ihre Stimme war emotionslos.

„ Nein danke, aber vielleicht später", antwortete er.

„ Alles klar, vielleicht später", antwortete sie.

Sie verschwand wieder in das kleine Zimmer.

„ Wir können uns grad noch diese Biere hier leisten. Wie können wir der noch einen Sekt zahlen", sagte der Freund.

„ Wir wollen eh nicht lange bleiben. Wir wollen nur noch schnell die Live Show sehen. Vorne am Eingang stand ja: alle halbe Stunde."

Er blickte auf seine Uhr.

„ Es dürfte gleich soweit sein", meinte er.

Sie blickten auf die Leinwand und hörten wieder das Stöhnen.
Sie stießen nochmal an.

Auf einmal wurde der Film auf der Leinwand ausgeschaltet und das gedimmte Licht ging ganz aus.
Ein Spot ging an und beleuchtete die Bühne.
Das Mädchen, das sich vorher zu ihnen setzen wollte, eilte an den Tischen vorbei und ging auf die Bühne hoch.
Musik fing an zu spielen, und das Mädchen fing an sich auszuziehen.
Sie tanzte langsam im Rhythmus und zog als Erstes ihre Jacke aus, die sie neben sich fallen ließ.

Während sie mit den Hüften wackelte, rutschte der Rock langsam nach unten, im Takt der Musik. Darauf folgte der Büstenhalter.

Nachdem sie den Büstenhalter ausgezogen hatte, streckte sie ihren Oberkörper in Richtung Zuschauer und wackelte mit den Brüsten.

Sie setzte sich auf einen Stuhl und spreitzte ihre Beine.

Doch ihre Bewegungen waren nur routinemäßig.

Es war, so als ob sie selbst gar nicht wahrnahm, was sie machte. Sie tanzte und zog sich aus, als ob es auswendig gelernte Handgriffe wären.

Ihr Gesicht zeigte keine Regung.

Sie blickten sie genauer an und merkten, dass sie kaum viel älter als sie beide waren.

Sie hatte aber dennoch nichts Trauriges in ihrem Blick. Er war einfach leblos, als ob die Emotionen in ihr gestorben wären.

Als letztes zog sie den Slip aus.

In dem Moment ging der Spot aus, das Licht ging wieder an und das Mädchen rannte mit den aufgesammelten Kleidungsstücken wieder an ihnen vorbei in das kleine Zimmer hinein.

Ein vereinzeltes Klatschen war zu hören.

Der Film auf der Leinwand fing wieder an zu laufen.

„ Soviel zur Show", meinte der eine.

„ Soviel zur Show", wiederholte der andere.

Sie tranken noch aus und bezahlten bei der dicken Frau hinter der Bar.

Sie standen auf und gingen zur Treppe. An der Treppe
schauten sie nochmal in das kleine Zimmer hinein.
Das Mädchen saß dort auf einer kleinen Couch und schaute
Fernsehen.

„ Komm weiter, Du kannst doch da nicht so reinschauen",
forderte sein Freund ihn auf.

„ Nur eine Sekunde, es merkt ja keiner!", flüsterte er.

Er blickte noch genauer in das Zimmer.

Dann hörte er das Mädchen lachen.
Das Mädchen saß dort und schmunzelte und lachte.
Sie freute sich wie ein ganz kleines Mädchen.

Im Fernsehen war gerade ein Zeichentrickfilm gelaufen.

Sie verließen die Bar.

Sie wussten, dass sie nie mehr herkommen würden.

Das Mädchen im pinken Kleid

„ Ich glaube, ich habe mich verliebt", murmelte er in sich hinein, während sein Freund sich gerade eine Zigarette anzündete.

„ Was ist los?", erwiderte der Freund, ihn komisch anschauend.

„ Ich sagte, ich glaube, ich habe mich eben verliebt", wiederholte er laut.

„ Hör auf zu spinnen. Komm, wir müssen weiter", drängte der Freund.

„ Nein, warte noch", bestand er.

Weiter starrte er auf das große Werbeplakat in der U-Bahn-Unterführung.
Ein junges Mädchen war abgebildet, das für irgendeine Modefirma Werbung machte.

Es war das schönste Mädchen, das er je in seinem Leben gesehen hatte.
Überlebensgroß stand sie da und blickte ihn an.

Er hätte alles gegeben, um ihr nur durch ihr dunkles Haar zu fahren und ihre weiche Haut zu streicheln. Er konnte nicht von ihr ab, wie sie dastand, mit ihrem pinken Sommerkleidchen und ihren kleinen Ballerinas.

Der leichte Wind, der durch ihr Haar blies.
Die grazile Zartheit und ihre vollkommene Unschuld.
Ein Lächeln, so ehrlich wie die Welt sein müsste.

Etwas Schöneres konnte er sich nicht vorstellen.

Und als er so stand und sie anstarrte, merkte er, wie ihre
Mundwinkel nach oben gingen und wie sie ihn anlächelte.
Nur ganz kurz, dann war ihr Lächeln wieder wie zuvor.

Er konnte es nicht glauben, doch er war überzeugt, dass sie
ihn eben wirklich angelächelt hat.
Nein, es war keine Einbildung. Er wusste, dass sie ihn
angelächelt hat.
Das Mädchen auf dem Plakat mit dem pinken Kleid hatte
ihn eben angelächelt.

War so etwas möglich?
Eben hatte er gesagt, er hätte sich in sie verliebt und
daraufhin hatte sie ihn angelächelt!
Er stand ganz irritiert da.

„ Kommst Du jetzt?", wurde er harsch unterbrochen in
seiner Andacht.

„ Sie hat mich eben angelächelt", stammelte er.

„ Sicher, und ich habe Dich auch eben angelächelt. Du
spinnst ja noch mehr, als erlaubt ist.
Das gibt's doch alles nicht", erwiderte der Freund
ungeduldig. „ Ich glaube, wir sind zu alt für so etwas."

„ Schon gut, wir gehen", erwiderte er etwas verunsichert.

Sie gingen wieder weiter.

„ Wir wollen ja auch nicht zu spät kommen", meinte der
Freund wieder ruhiger.

„ Und im übrigen", meinte der Freund. „ Vielleicht liebt sie Dich ja nicht. Vielleicht kann sie Dich ja gar nicht ausstehen!"

Sie fingen beide an zu lachen.

Er verdrängte sein kleines Erlebnis und wieder im alten Elan machten sich beide auf den Weg zu der Party, auf der sie eingeladen waren.

Die Party war schon kräftig am Laufen. Man hatte sich mal wieder getroffen. Konnte sich mal wieder zeigen. Die jungen Damen hatten sich schön gemacht. Die jungen Herren auch.
Man benahm sich älter als man war.
Jedenfalls war die Unterhaltung ´intelligent` und die ´Erfolgsaussichten im Leben gut´.

(Bis auf bei einem, der verschwand auf der Toilette und kam nie wieder raus.)

Es schien mal wieder eine ´erfolgreiche Party` zu sein.

„ Hey, wie geht's, ich hab Dich den ganzen Abend nicht gesehen", sprach ihn der Freund nach einer Weile wieder an.

„ Alles in Ordnung, bin nur ein bisschen hier draußen am Balkon gesessen und habe ein Bier getrunken."

„ Du, ich hab da eben eine getroffen, der habe ich erzählt, dass ich ....", auf einmal stockte der Freund und fragte:
„ Du spinnst doch nicht immer noch?"

„ Nein, die gehen mir da drin nur auf die Nerven. Einer ist blasierter als der andere."

33

„ Logisch nerven die. Aber so ist das halt. Komm rein, wir trinken noch etwas."

Sie gingen wieder hinein und machten sich beide an die Bar.

Nach ein paar Stunden verließen sie die Party, wenn auch ein bisschen angetrunken.

Auf dem Weg nachhause mussten sie wieder am Plakat vorbei.

„ Oh nein! Jetzt geht das wieder an!"

„ Nur kurz. Vielleicht lächelt sie mich wieder an."

„ Ich möchte hier nicht mehr länger stehen. Wir verpassen noch die letzte U-Bahn.", meinte der Freund.

Der Freund zögerte kurz und versuchte, seinen Verstand nochmal klar zu kriegen und nach ein paar Minuten des vergeblichen Versuchs, seinen Freund zum Weitergehen zu überreden, kam ihm die Idee.

„ Wir montieren das Plakat jetzt ab und nehmen es mit nach Hause. So kannst Du noch die ganze Nacht schauen, ob sie Dich anlächelt oder nicht."

Nachdem beide nicht mehr ganz nüchtern waren, fingen sie an auf alte Kisten sich zu stellen und mit allen möglichen Dingen, die herumlagen, das Poster von der Wand zu kratzen.

Sie hatten das Plakat schon fast halb heruntergerissen.

Das heißt, eigentlich nicht das Plakat als solches, sondern mit ihm fast zehn vorherige, die immer wieder aufeinander geklebt wurden. Es wäre unmöglich gewesen, diese schwere Papiermasse zu transportieren.
Doch in ihrem angeheiterten Zustand und ihrem plötzlichem Tatendrang waren sie nicht mehr zu bremsen. Sie kümmerten sich auch nicht um die anderen Leute, die noch vorbeigingen.

„ Halt, Ihr beiden!",
rief es auf einmal.
Ein großer Mann in einer blauen Uniform stand vor ihnen, der eine oben kratzend, der andere unten reißend.

Es war die U-Bahn-Wache.

„ Los, wir bringen die Sache zu einer Anzeige",
meinte der Mann.

Und so schnell konnte es gehen! Die beiden fanden sich zur Personalienfeststellung auf dem Polizeihauptquartier wieder.
Eine Anhörung erfolgte, die Personalien wurden festgestellt. Sogar die Fingerabdrücke wurden genommen.

Es erfolgte eine Anzeige wegen Diebstahls und Sachbeschädigung und wegen Hausfriedensbruchs.
Die ganze Sache hatte bis zum nächsten Morgen gedauert.

„ Hat sich ganz schön gelohnt, was?", meinte der Freund.

„ Ich kann ja auch nichts dafür, wenn die keinen Humor haben. Denen fehlt der Sinn für Romantik. Wir hätten besser gleich bei den Typen auf der Party bleiben können.",
meinte er.

„ Tut mir leid, ich spinn halt manchmal ein bisschen."

„ Was solls, vergiss es. Einsperren werden sie uns ja nicht gleich.", erwiderte wieder der Freund.

Sie gingen trotzdem zusammen noch kurz einen Kaffee trinken.

„ Bis nächste Woche dann."

„ Bis nächste Woche dann und vergiss nicht, noch das Mädchen auf dem Plakat von mir zu grüssen", konnte sich der Freund beim Abschied zynisch nicht verkneifen.

Sie gingen nach Hause und legten sich ins Bett.

Als er am Tag darauf wieder am Plakat vorbei ging, war es schon überklebt worden.
Trotzdem dachte er noch weiter an das Mädchen im pinken Kleid.

Nach mehreren Wochen und viel Ärger wurde das Verfahren eingestellt.

Ein paar Wochen später hatten beide Freunde jeweils eine Zustellung ins Haus bekommen.

Es war das eingerollte und gefaltete Plakat.
Die Werbefirma hatte wohl von dem Geschehnis etwas mitbekommen und hatte sich wohl intern einen Spaß daraus gemacht und irgendwie ihre Adressen erfahren.

Er faltete sein Plakat groß auf.
Unten stand eine kleine Widmung:

Für Dich, In Liebe

Er hatte seinem Freund nichts von der Widmung erzählt.

Denn nun wusste er, dass sie ihn wirklich angelächelt hatte.

Noch lange Zeit dachte er an das Mädchen im pinken Kleid.

Lancaster Bar forts.

Der Barbesuch der beiden hatte sich am Abend zuvor
abgespielt.
Sie hatten sich am nächsten Tag wieder getroffen.
Sein Freund hatte ihn besucht gehabt und sie waren zu
Hause bei dessen Mutter.

„ Meint Ihr nicht, dass eigentlich mehr Hausaufgaben
angesagt wären? Gestern abend habt Ihr Euch ja auch
wieder rumgetrieben. Wo seid Ihr denn da wieder
gewesen?", meinte dessen Mutter etwas vorwurfsvoll, als
die beiden ankamen.

„ Nirgends eigentlich", drückte er rum.

„ Na gut, wenn Ihr eh nichts anderes vorhabt und
Hausaufgaben *wahrscheinlich* nicht zu machen sind,
könntet Ihr mir ein bisschen helfen", schlug sie etwas
strenger vor. „ Ich muss in die Stadt, in einem Möbelladen
zwei Stühle abholen und Ihr könntet mir beim Einladen ins
Auto helfen."

„ Geht in Ordnung", murmelten beide.

Sie fuhren Richtung Innenstadt, am Hauptbahnhof vorbei.
Die Mutter fuhr, er saß vorne neben seiner Mutter und sein
Freund saß hinten.

Doch eigenartigerweise bogen sie, sie kamen sonst
eigentlich nie in diese Gegend, wer weiß, wo seine Mutter
ihre Stühle wiedereinmal aufgetrieben hat, in dieselbe
Seitenstraße ein, in der sie am Abend zuvor die Bar besucht
hatten.

Er drehte sich um und schmunzelte seinen Freund an, ohne dass es seine Mutter merken sollte. Sein Freund schmunzelte zurück, das große Geheimnis teilend.

Doch auf der Straße befand sich, als sie auf ihr entlangfuhren, ein kleiner Rückstau, wohl von einer roten Ampel.
Sie hielten demnach auf der Straße, ausgerechnet in Höhe der Bar vom vorherigen Abend.
Das heißt, sie standen auf der rechten Fahrspur, nur von einem parkenden Auto getrennt und von einem schmalen Bürgersteig direkt vor dem Eingang der Bar, von der die Treppe in den Keller führte.

Nun, soweit so gut, die Sache ist so natürlich ein weiteres Schmunzeln wert, wenn nicht in dem Moment die Tür der Bar sich öffnen würde, und die dicke Frau, von hinter der Theke vom Abend davor, aus der Tür kommen würde, sich vor der Tür eine Zigarette anzünden würde, sich hinstellen würde um wohl etwas Luft zu schnappen.

So stand sie also da, die Herrin des Etablissements und schaute vor sich hin.

Das Auto stand immer noch auf derselben Höhe.

Die beiden hatten aus dem Autofenster alles beobachtet und wussten auf einmal nicht, ob sie sich ducken sollten oder einfach nur wegschauen sollten, jedenfalls wollten sie sich nicht auffällig benehmen, so dass seine Mutter nichts merken könnte.

Also ignorierten sie das Geschehen und hofften, dass es bald wieder weiterging.

Doch wie es so ist, die dicke Bardame hatte die beiden im Auto schon entdeckt, hob ihre Hand zum Gruß und bewegte ihre Lippen zu einem unverkennbaren „Servus, Ihr beiden".

Sie klebten beide an der Fensterscheibe und wussten nicht, wie sie reagieren sollten.
Sein kleiner Bruder, der auch dabei saß, grinste tief in sich hinein.

Doch glücklicherweise ging es im Verkehr auf einmal weiter und sie schienen gerettet zu sein.
Beide hatten nichts gesagt, auch die Mutter nicht.
Sie hatte wohl nichts gemerkt.

Sie waren beide ziemlich erleichtert.

Lautlos fuhren sie noch mehrere Minuten weiter.

Doch auf einmal drehte sich seine Mutter um und schaute hinten seinen Freund an und dann vorne ihn.

Sie schüttellte ihren Kopf und sagte:

„ Es ist schon verdammt schwer, Jungs aufzuziehen!"

Sie fuhren noch ein paar Minuten weiter.
Sie hatte dazu nichts mehr gesagt.

Er war stolz auf seine Mutter.

Wir, Elvis und die anderen

„ Schon lange nicht mehr gesehen", sprach er seinen alten
Freund an und ging auf ihn zu.

„ Ja ich weiß, ziemlich lange her", erwiderte der Freund
und gab ihm die Hand.
„ Läuft alles gut?"

„ Sicher, alles gut."

Die Stimmen beider waren ruhig.

„ ....Außerdem , das hier ist meine Frau", unterbrach der
Freund sich selbst
und zeigte uninterssiert auf die Frau neben sich.

„ Hallo, wie geht's?", adressierte er dann die Frau „ Nett,
Sie kennenzulernen. Ihr Mann und ich waren früher mal
gute Freunde"

„ Ach, wirklich? ", erwiderte sie gelangweilt, biss in ihre
Fischsemmel und blickte in die andere Richtung.

„ Also, Du hast geheiratet?"

„ Ja, ja"

Sein Freund schaute müde aus und irgendwie auch ein
bisschen alt.

Sie hatten sich zufällig in einem Einkaufszentrum
getroffen. Sie hatten sich das letzte Mal vor vielen Jahren

gesehen. Und jetzt standen sie da und keiner wusste so ganz genau, was er sagen sollte.
Er stand da und schaute seinen Freund an, dann wieder auf die fischsemmelessende Frau.

Er musste auf einmal an das letzte Mal denken, da sie sich sahen.

Es war vor zehn Jahren im Sommer.
Er erinnerte sich ganz genau.

Während er so da stand, kamen ihm auf einmal wieder die Bilder in den Kopf:

Sie fuhren gerade auf der Autobahn in Norditalien, Richtung Süd-Frankreich..
„Los, fahr doch schneller Du kleiner Franzose, fahr doch schneller!", schrie die Mutter des Freundes.
Sie saß in ihrem Auto, als ob sie selbst unten mitlaufen würde. Ihre Dicke und ihre Kraft und Entschlossenheit waren gleichzeitig bewundernswert und abstoßend.

Sie hatte ihn am Tag zuvor angerufen, ob er sie begleiten möchte, ihren Sohn zu besuchen, der sich an der Cote d`Azur für ein paar Tage im Urlaub befand. Er hatte seinen Freund schon ein paar Wochen nicht gesehen.

An verschiedenen Orten hatten sie angehalten um Wein, Brot und Käse zu kaufen. Im Kofferraum befand sich mehr Wein als Gepäck.

Als sie in Frankreich ankamen, begrüßte er seinen Freund und es schienen ein paar sehr lustigen Tage zu werden.
Der Freund und dessen damalige Freundin hatten sich eine kleine Wohnung gemietet, in der auch er und dessen Mutter wohnen würden.

Als sie ankamen, wurde vor allem der Wein ausgepackt.

Sie übergab ihrem Sohn auch noch ein kleines Paket, von dem er nicht wusste, was es beinhaltet hatte. Es lag die ganze Fahrt über auf dem Rücksitz und sie hatte es als etwas sehr Wichtiges die ganze Zeit behandelt.
„Gib das dem Mädchen, ihr geht's dann bestimmt besser", sagte sie als Erstes zu ihrem Sohn, als sie ankamen.

Er hatte sich nichts weiter gedacht dabei .
Das Mädchen bekam er aber nicht zu Gesicht. Sie schlief die ganze Zeit im anderen Zimmer.
Sie hatte sich eine Sommergrippe eingefangen, erzählte man ihm. Er hatte sich nichts dabei weiter gedacht und nahm es nicht mehr als nur zur Kenntnis. Eigentlich fand er es schon sehr seltsam, das Mädchen tat ihm auch etwas leid, aber andererseits war es ihm vielleicht sogar ganz recht, so konnten er und sein Freund und natürlich dessen überaus gesellige Mutter fast mehr Spaß haben.

Die beiden Freunde waren unzertrennlich gewesen und sie wussten fast alles voneinander.
Das Leben war ein großer Traum, den ihnen keiner zerstören konnte.

„Was immer wir machen, glaubst Du, Elvis würde es verstehen?", fragte ihn sein Freund am letzten Abend.
„Aber sicher, auch wenn keiner uns versteht, ein paar gibt's schon , der Elvis und der Phill und der Freddy ganz besonders! Du weißt, wir geben nie auf, solange wir unsere Idole haben."
Sie wussten natürlich beide, dass sie etwas kindisch waren.
Jedenfalls hatten sie solche Sachen immer von sich gegeben, als sie noch etwas jünger waren.
Aber ein bisschen Ernst war trotzdem dabei.

*„Weißt Du, dass ich sie liebe!", erklärte der Freund ihm
nach einer kurzen Pause wieder.
„ Ja, ich weiß", erwiderte er und blickte auf den Boden.*

*Nach dem kurzen Moment der Schwermut griffen sie wieder
zur Chianti-Flasche und tranken.
„ Auf uns?"*

„ Auf uns, auf Elvis und die anderen!", erwiderte er.

*Sie hatten fast drei Tage lang tagsüber am Strand gesessen.
Und abends sehr viel getrunken. Als sie abends beim
Trinken waren blieben sie immer in der Wohnung und
gingen nicht aus. Einer sollte wohl in der Wohnung bei
dem Mädchen bleiben.
Eigentlich waren es einige der paar lustigsten Tage, die er
je verbracht hatte.*

*Zwischendurch hörte er aber immer wieder das Mädchen
weinen.
Auch da hatte er sich nichts dabei gedacht. Dessen Mutter
würde schon wissen, was los sei.
Nach drei durchgetrunkenen Tagen fuhr er wieder mit der
Mutter heim.
Der Freund blieb in Frankreich mit der Freundin. Sie
musste sich noch erholen und auskurieren. Sie würden dann
später nachkommen.*

*„ Also, machs gut und pass auf Dein Mädchen auf",
verabschiedete er sich „ Wir sehen uns bald wieder zu
Hause."
Als sie abfuhren, blickte er seinem Freund nach und
merkte, wie der Freund auf einmal ganz einsam und ganz
hilflos aussah, während er ihnen nachwinkte.*

Er war wieder zu Hause.

*Doch er hörte immer wieder das Weinen des Mädchens in
seinen Gedanken..*

Doch dies verdrängte er.

*Über die nächsten Wochen hatte er seinen Freund nicht
mehr gesehen.*
*Etwas später hatte er erfahren, dass sich das Mädchen im
Krankenhaus befand.*
*Er hatte erfahren, dass sie bei einer Abtreibung sich
infiziert hatte, dass es Schwierigkeiten gab, es ihr wohl
wieder gut geht, doch dass sie nie wieder Kinder haben
würde. Sie hatte seinen Freund dann nie wieder gesehen!*

Er hatte nun die Reise verstanden.

Er hatte ihn damals noch ein paar Mal angerufen.
*Sie hatten sich aber ab dem Wochenende nicht mehr
wiedergesehen.*
*Vieles hatte auch keinen Sinn mehr. Es war wohl ein Schritt
zuviel gewesen.*
*Vielleicht waren sie auf einmal erwachsen geworden,
vielleicht war nur manches auf eimal tot.*

Jedenfalls waren es die letzten Tage der Kindheit.
Auf alle Fälle die letzten Tage der Unschuld.

Er kam wieder in die Realität zurück.
Nachdem er nicht mehr wusste, was er sagen sollte, meinte
er nur
„ Es war schön, Dich wieder gesehen zu haben."

„ Ja, Dich auch."
„ Ich glaub, ich muss wieder weiter."

Er merkte, dass sie sich nicht mehr soviel zu sagen hatten.

„ Also, machs gut und bis dann."

„ Bis dann."

Er sagte zur Frau auch noch „Auf Wiedersehen" und drehte sich um.

„ Du, warte noch", rief sein Freund auf einmal.

„ Weißt Du, dass der letzte Tag damals in Frankreich der 16. August war?"

„ Ich weiß nicht, kann schon sein, wieso?", erwiderte er erstaunt.

„ Der 16. August war der Todestag von Elvis.
 Ich wusste auf eimal, dass er für mich tot war. Und die anderen auch."

Der Freund stockte und schaute auf den Boden und blickte ihn wieder an.

„ Sie sind für mich gestorben. Das heißt aber nicht, dass sie für Dich auch tot sein müssen", rief der Freund ihm zu.
Und während er noch da stand, war der Freund auf einmal verschwunden.

Er hatte es auch damals verstanden.
Er dachte noch viel an früher.

Er sagte sich besonders an diesem Tag immer wieder:

„ Doch auch wenn vieles nicht gut war und vieles nicht gut ist. Für mich ist Elvis nicht tot. Und auch all die anderen nicht."

Warum....

.....Peter und Rolf nicht mehr zusammen einen saufen gehen können?!

Das Problem stellte sich so dar: Rolf, der ein bisschen älter war als Peter (eigentlich sprich: Peeda) war gestürzt. Böse Menschen sagen vor einer Wirtschaft, er meint vor seinem Haus bei Eisesglätte.
Jedenfalls hatte er sich dabei das Hüftgelenk ausgekugelt.
Eine schmerzhafte Sache, deren Folge eine Krücke ist.
Nicht für immer, aber für eine längere Zeit
Wie gesagt, eine schlimme Sache, aber nicht so schlimm, als dass man nicht noch einen trinken gehen kann.
Insbesondere, wenn man einen guten Freund hat, den Peter (nicht vergessen, sprich: Peeda), der einem dann mit dem Auto abholt.
Denn so lässt sich jedes kaputte Hüftgelenk relativieren.

Nur leider war neulich der Peter wieder einen trinken, und wie es manchmal eben blöd läuft, verlor er dann seinen Führerschein, obwohl er eigentlich schwöre, gar nicht zu viel getrunken zu haben.
Jedenfalls darf der Peter nicht mehr Autofahren.

Das Problem ist aber nun, was passiert mit Rolf?
Alleine kann Rolf nicht in die Kneipe, er kann ja kaum gehen, geschweige denn fahren. Auch Peter wußte nicht, was er machen sollte.

Doch es gibt immer eine Lösung, denn beiden fiel ein, Rolf hatte ja eine Freundin, die Iris.
Die könne ja jetzt beide fahren.
Und so waren sie alle glücklich, denn nun konnten Peter und Rolf wieder einen saufen gehen.

Und die Iris durfte auch mit.

Angst oder Mut?

Es wurde ihm fast schwindlig als er herunterblickte. Es ging bestimmt dreißig Meter tief nach unten. Er würde nie lebend unten ankommen. Er würde unten zerschellen oder wahrscheinlich vor Schreck schon tot unten ankommen.

Er war mit seiner Schulklasse in der großen Schwimmhalle.

Er stand auf dem Dreimeterbrett.

Jeder mußte für die Schwimmübung einmal vom Dreimeterbrett springen.

Der Blick nach unten entsetzte ihn immer mehr. Er ging wieder zurück. Er konnte einfach nicht springen.

Er stellte sich als Letzter in der Reihe wieder an.

Die anderen sprangen alle. Manche mit mehr Furcht, manche mit weniger Furcht, manche sogar im Hecht.

Die Schlange am Brett wurde immer kürzer, er war bald wieder an der Reihe.

Als er schon fast wieder an der Reihe war, verdrückte er sich schnell in die Umkleide.

Niemand hatte ihn verschwinden sehen.

Er fühlte sich erleichtert, doch auch schlecht. Ein Sprung vom Dreimeterbrett ist doch nicht ein Ausdruck von Männlichkeit, sagte er sich selbst. Er ist doch kein Feigling.

Ist doch wohl nicht schlimm.
Doch es arbeitete in ihm, sich gedrückt zu haben.

Die anderen kamen nun auch wieder in die Umkleide. Er
wusste nicht, ob sie es gemerkt hatten.

Auf einmal rannte er hinaus zum Becken.

Er stieg die Leiter hoch.
Die Sprossen gingen ins Unendliche.

Er war oben angelangt. Er hielt seinen Atem an, schaute
nicht nach links oder nach rechts, rannte los, schloss seine
Augen und sprang.

Mit etwas wackeligen Knien ging er zurück in die
Umkleidekabine.

Den anderen hatte er nichts gesagt.

Er war vom Fünfmeterbrett gesprungen.

Er mußte es einfach tun.

Nie wieder würde er springen.
Davor hätte er viel zu viel Angst.

Atlantic City, USA

Er musste daran denken, wie es Burt Lancaster hier her verschlagen hatte. Oder war er hier nur gestrandet, um ein paar letzte Geschäfte zu machen.
Er wohnte in einem der Häuser auf der anderen Seite des Board-Walks. Sie waren jetzt immer noch genauso heruntergekommen wie früher.
Er hatte dann auch alles beim Spielen verloren.
Als alter Mann war er dann dort auch gestorben, jedenfalls glaubte er, dass der Film so geendet hatte.

Sie sind etwa drei Stunden gefahren, bis sie endlich in Atlantic City ankamen.
Sie wollten ein Wochenende hier am Strand verbringen.

Er parkte das Auto vor einem der Hotel-Casinos, während sie in einem Geschäft auf der anderen Straßenseite noch ein paar Sachen besorgte.
Sie verabredeten sich für eine halbe Stunde später wieder am Auto.

Um die Zeit tot zu schlagen, schaute er sich das Hotel an, vor dem sie parkten.
Er betrat die große Lobby.
Am Ende der Lobby befand sich das riesige Casino. Die Eingangsportale waren weit geöffnet und man konnte von der Lobby aus weit in den Raum hineinschauen.

Auf einmal ging es ihm durch und durch.

Hätte er eine Krawatte getragen, hätte er sie nun gelockert.
Seinen Hut hätte er nun leicht in die Stirn geschoben.

Er betrat das Casino.

Wie Trauben wurden die Spieltische umklammert.

Tausende gierige Blicke waren zu sehen.

An einem Tisch war noch ein Platz frei. Er stellte sich hin, griff in die Tasche und setzte alles, was er hatte auf ‚Rot'.

Die Schüssel drehte sich und die kleine weiße Kugel sprang von Rille zu Rille, zum Schüsselrand, wieder zur Rille, die Schüssel wurde langsamer, die Kugel ruhiger. Die Kugel blieb liegen.

Sie blieb auf ‚Schwarz'.

Er verließ das Casino und das Hotel und ging wieder zu seinem Auto.

Sie hatte schon auf ihn gewartet.

Sie setzten sich in ihr Auto und fuhren wieder heim.

Natürlich hatte es ihm leid getan. Trotzdem war sie böse.

Sie konnte ihn nicht verstehen.

Er lockerte seine Krawatte und schob seinen Hut etwas in die Stirn.

Kalter Krieg

„ Für mich bitte hier das Steak mit den Pommes frites",
bestellte der eine.

„ Ist leider aus."

„ Für mich bitte das Wiener Schnitzel",
bestellte der andere.

„ Ist auch leider aus", antwortete nochmals der Ober.

In dem großen Speisesaal waren außer ihrem Tisch nur
noch zwei andere belegt.

Man hatte inzwischen etwas gefunden, das nicht „aus" war.

Der Ober hatte ihnen prompt die Martinis serviert, immer
sein weißes Obertuch über dem Unterarm hängend.
Die drei Freunde stießen an.

Auch kam ihr bestelltes Essen sofort. Sie hatten alle
dasselbe.
Zwei von ihnen aßen ihr Bestelltes relativ zögerlich, der
Dritte dafür mit um so mehr Genuß.
Sie stießen nochmals auf ihren Ausflug an.

„ Schmeckt wie reinster Vodka", warf der eine ein, als er
nach seinem Schluck das Gesicht verzerrte.

„ Macht nichts, wer hat was gegen Vodka?", lachten die
anderen Zwei.

Sie stießen nochmal an.

Ein älteres Ehepaar hatte sich an den Tisch nebenan gesetzt.

Sie lächelten den sich anstoßenden Jungs zu.

„ Grüß Gott", sagten die Drei.

„ Guten Tag", erwiderte das Ehepaar.

„ Es freut mich, Sie in unserer Stadt begrüßen zu dürfen.
Ich hoffe, es gefällt Ihnen hier.
Wir sind besonders stolz auf unsere Stadt und auf unser
sozialistisches Land.
Es ist so schön, dass sich die Jugend hier zusammenfindet",
meinte der Mann.

Er schien es wirklich zu meinen.

„ Wir haben auch wahnsinnig gute Sportmöglichkeiten für
junge Leute."

„ Ja, das glauben wir Ihnen gerne", meinte der eine.

Er blickte durch den verlassenen Speisesaal und hinaus auf
den großen angelegten Betonplatz.

„ Waren Sie schon auf dem Turm, er ist einer der höchsten
Europas. Darf ich Ihnen noch empfehlen, wo Sie hingehen
könnten. Gleich in der Nähe ist ein riesengroßes,
volkseigenes Freizeitheim für Jugendliche. Die haben dort
Tischtennisplätze und Kegelbahnen. Und eine große
Auswahl an Brettspielen. Unsere Söhne sind dort auch
immer gewesen."

„ Ja, machen wir sehr gerne", erwiderte der andere. Er
musste an die wilde Party von letzter Woche denken.

„ Ja, man hat viel für uns getan", sagte die Frau. „ Als wir jünger waren gab es dies alles nicht. Im übrigen hoffe ich, dass es Ihnen schmeckt, es gibt das beste Essen hier."

„ Wir möchten alles mit Ihnen teilen. Denn nur die Jugend hilft uns zusammenzuwachsen und das Kollektiv zu stärken",
sprach der Mann stolz, fast schon mit Begeisterung in seinem Ton.

„ Wir haben es wirklich gut geschafft", warf die Ehefrau ein.

„ Ja, Sie haben wirklich sehr recht. Es ist auch wirklich sehr schön bei Ihnen. Wir werden uns alles anschauen und unseren Freunden erzählen."

Auch der dritte Freund nickte dem Ehepaar zustimmend zu.

 Die Drei verabschiedeten sich und verließen das Lokal.

„ Wir können nichts dafür", sprach der eine leise, als sie über den großen Platz gingen.

„ Ja, aber die Zwei dort wohl auch nicht."

Irgendwie hatten die Drei ihren Blick nach unten gerichtet. Sie machten sich schnell auf den Weg zur U-Bahn zum Grenzübergang.

Das Licht vom Balkon nebenan

Er öffnete die nächste Flasche und nahm einen tiefen
Schluck und dann noch einen und dann noch einen, bis die
Flasche leer war.

Er ging wieder zum Telefon und wählte die Nummer. Es
klingelte und klingelte, doch niemand hob ab. Er legte den
Hörer wieder auf.

Er öffnete die Balkontür und holte sich eine neue Flasche
Bier aus dem Kasten, der auf dem Balkon stand.
Er öffnete wieder die Flasche und begann weiter zu
trinken.

Er wohnte in einer kleinen Einzimmer-Wohnung in einem
Appartementgebäude.
Der Sessel, in dem er saß, stand in der Mitte des Zimmers
und schaute auf die gläserne Front des Zimmers, an die sich
der kleine Balkon anschloss.
Vom Sitzen aus konnte er über das Balkongeländer hinweg
über die ganze Straße blicken, da er auch relativ hoch oben
wohnte.
Die Lichter in der Wohnung waren ausgeschaltet, doch er
konnte gut sehen, da sich seine Augen ans Sitzen im
Dunkeln gewöhnt hatten.
Auch hatte er kein Radio und keinen Fernseher
angeschaltet. Er saß nur da und starrte in die Ferne.

Wieder öffnete er sich eine Flasche.

Er wollte nur schlafen oder nur trinken oder nur trinken um
schlafen zu können.
Wenigstens sollten die Qualen aus seinem Kopf
verschwinden.

Er wusste selbst nicht, ob nur Traurigkeit oder auch Wut in ihm herrschte.

Er nahm wieder einen tiefen Schluck aus der Flasche.
Irgendwie schien es zu helfen.
Denn Flasche für Flasche verschwand wenigstens das Gefühl der Ohnmächtigkeit, die er in seinem Bauch trug.

Als er wieder die Balkontür, schon ein bisschen schwankend, öffnete, hörte er Musik vom Stockwerk unter ihm aus irgend einer Wohnung kommen. Die Musik wurde immer lauter und nun konnte er sie auch bei geschlossener Tür hören.

Er trank weiter und versuchte, seine Gedanken zu betäuben.
Würde wenigstens die Ohnmacht sich in Melancholie umwandeln!
Selbst Tränen sind nicht so schlimm wie keine Tränen.

Doch bloß nicht aufgeben.

Er starrte weiter in die Leere und trank.

Er konnte es einfach nicht mehr ertragen.
So vieles oder nur dieses.
Mal wieder dieses oder doch nur so vieles.

„ Bumm, Bumm, Bumm" , waren die Bässe zu hören.

Er öffnete wieder die Balkontür.
Er konnte nun Stimmen und Gelächter erkennen. Sie hatten eine Party gefeiert.

Er ging wieder hinein und setzte sich und trank weiter, einen Schluck nach dem anderen.

„ Bumm, Bumm, Bumm", gemischt mit dem schrillen Klang weiblichen Gelächters.

„ Ha, ha, ha", ertönte darauf männliches Gelächter.

„ Bumm, Bumm, Bumm."

Er nahm noch einen tiefen Schluck und schwankte zur Balkontür, griff in seine Kiste, lehnte über die Balkonbrüstung und schrie laut in die Nacht.

„ Könnt Ihr mich denn nicht einfach alle in Ruhe lassen!"

Sein Schrei hallte in die Ferne. Er hatte so laut geschrien, dass er fast von diesem einen Schrei heiser geworden war.

Auf der Straße blieb es weiter still, keiner schien von seinem Appell Notiz genommen zu haben.

„ Bumm, Bumm, Bumm", war weiter von unten zu hören. Nun natürlich noch etwas lauter.

Er setzte sich wieder hin und nahm noch einen Schluck. Dann senkte er seinen Kopf und fing leise an zu schluchzen.
So saß er eine ganze Weile.

Er blickte wieder vor sich auf den Balkon und bemerkte, dass in der Wohnung neben ihm das Licht angegangen war. Man konnte dies erkennen, da das Licht von nebenan einen Schein auf die Balkonbrüstung warf, die für Pflanzen und Blumen vorgesehen war.

Er war schon ziemlich spät geworden.

Seine Nachbarin war nach Hause gekommen.

Er wischte sich die Tränen ab und nahm noch einen kleinen Schluck aus seiner Flasche.

Seine Nachbarin und er waren befreundet. Sie war Flugbegleiterin. Sie sahen sich nicht oft, doch über die Jahre hinweg hatten sie sich doch einigermaßen kennengelernt, auch wenn ihre alle- paar -wöchentlichen Treffen nie tiefer gingen als der kurze Austausch von was in den letzten Wochen jeweils alles so passiert ist oder auch nicht.

Etwas Eigenartiges hatte sie dennoch verbunden.
Auch ohne neugierig sein zu wollen, kannte er den Flugplan der Lufthansa ganz genau.
Er fühlte sich beruhigt mit ihr nebenan, auch wenn es nicht mehr war, als ihr Licht zu sehen, das herüberschien vom Balkon nebenan. Ihr ging es genauso.

Ein paar Mal, als es ihm nicht gut ging, fand er ein Stück Schokolade oder so vor der Tür.
Seine Nachbarin hatte es ihm vor die Tür gelegt.
Als ob sie gewusst hätte, ob er glücklich sei oder traurig.
Ihm ging es dann immer wieder besser.

Er nahm keine Notiz mehr von ihrem Licht, das bald darauf wieder ausging.

Nochmals nahm er den Hörer zur Hand. Es klingelte und klingelte. Doch keine Antwort.

Er saß weiter auf seinem Sessel.
Nochmals wischte er sich die Augen.
Er schaffte es nicht, seine Qual der Traurigkeit zu beenden.
Wenn er nur Ruhe finden könnte.

Er trank mit einem großen letzten Schluck die letzte
Flasche leer.
Er konnte kaum mehr seine Gedanken beurteilen.
Er schleppte sich rüber zu seinem Bett, fiel hinein und
schlief.

Vom Balkon war zu hören „ Bumm, Bumm, Bumm."

Er hatte am nächsten Tag lange geschlafen.
Nach einer Dusche, Kaffee, und so der Versuch einer
Ernüchterung, hatte er sich dennoch nicht viel besser
gefühlt.
Er verließ die Wohnung um etwas spazieren zu gehen.

Als er die Wohnungstür öffnete, hing eine kleine Tüte am
Türgriff.
Darin befanden sich ein paar kleine Schokoladenflugzeuge
und ein kleiner Zettel, auf dem stand:

„ Ich hoffe, Dir geht es gut und bis bald."

Er nahm die Tüte und den Zettel und steckte sie in seine
Tasche.
Er wickelte eines der Schokoladenflugzeuge aus und tat es
in den Mund.

Erst ging der eine Mundwinkel nach oben, dann der andere,
und man konnte wieder ein leichtes Lächeln entdecken.

Kaffee ohne Milch und Zucker

„ Du, hallo, hallo!“

Er spürte, wie jemand ihm von hinten auf seine Schulter
tippte.

„ Kennst Du mich denn nicht mehr?“

Er drehte sich um und blickte das Mädchen, das ihn
angesprochen hatte, leicht zögernd an.

„ Aber sicher, hallo, ich war nur gerade in Gedanken. Wie
geht's Dir denn?“
Er war etwas verlegen um Worte.

„ Gut, danke. Ich warte hier auch auf die U-Bahn und da
hab ich Dich hier stehen sehen. Fährst Du auch in die
Stadt?“

„ Bist Du öfters hier in der Gegend? Ich hab Dich hier
schon lange nicht mehr gesehen.“

„ Eigentlich selten, und Du?“

„ Ich wohne immer noch da hinten“, lächelte er, in
Richtung U-Bahn-Ausgang zeigend.
„ Jedenfalls schön, Dich mal wiederzusehen.“

„ Ja, Dich auch“, noch immer um Worte verlegen.

„ Hast Du es eilig? Komm, wir gehen noch schnell auf eine
Tasse Kaffee. Du hast doch kurz Zeit, oder?“

Er zögerte etwas.

„ Sicher hab ich kurz Zeit.“

Sie gingen die U-Bahn-Station hinauf und blieben gleich vor einem Cafe stehen.

„ Hier wäre es doch recht “, meinte sie.

„ Okay!“

Sie setzten sich beide an einen kleinen Tisch nebeneinander.

„ Also, erzähl mal, wie geht's Dir denn. Was machst Du so?“, fragte sie

„ Also.....“

„ Was kann ich Ihnen bringen?“, unterbrach die Bedienung im Cafe.

„ Für mich eine Tasse Kaffee, bitte“, sagte er

„ Für mich auch, bitte.“
„ Also, was machst Du so?“, fragte sie ihn wieder.

„ Eigentlich ist alles okay. Wie ich eben sagte, ich wohne noch da hinten und sonst läuft alles ganz gut. Ich........“

„ Bei mir läuft auch alles ganz super“, unterbrach sie ihn.

„ Wir sind vor kurzem in eine neue Wohnung umgezogen. So super, das kannst Du Dir gar nicht vorstellen. Bei Gelegenheit musst Du mal vorbeikommen. Ein Altbau, 300 qm. Ich weiß, so was ist nicht billig, aber was solls.

Jedenfalls haben wir super Möbel gekauft. Du weißt ja,
seine Tante hat ein Antiquitätengeschäft, wo wir ganz billig
ganz tolle Sachen bekommen können."

Er nickte bejahend, obwohl er nicht wusste, dass *dessen*
Tante ein Antiquitätengeschäft hatte.

„ Auch wenn ich Dich schon lange nicht mehr gesehen
habe, aber Du musst vorbeikommen."

„ Ja, ja....", zögerte er wieder.

„ Also, ich freue mich so sehr zu hören, dass es Dir gut
geht. Habe ich Dir schon gesagt, dass es schön ist, Dich
wiederzusehen? Toll, dass wir mal zusammen einen Kaffee
trinken können. Was für ein Zufall, dass wir uns getroffen
haben. Es war wohl das letzte Mal vor einem Jahr."

„ Ja, es war vor über einem Jahr!", bestätigte er.

Er schaute auf ihre langen dunklen Haare und auf ihr
Gesicht mit den schönsten braunen Augen, die er je
gesehen hatte.

„ Jedenfalls waren wir letzten Monat auch im Urlaub. Du
kannst Dir gar nicht vorstellen, wie toll das war. Wir haben
total Glück gehabt mit dem Wetter. Es war einfach
traumhaft.
Wir haben dort auch so viel nette Leute getroffen, es war
einfach unglaublich. Na ja. Du weißt ja, es ist immer
wichtig, wenn er Kontakte schließen kann."

Er nickte wieder bejahend, obwohl er nicht wusste, dass es
für *ihn* wichtig ist, Kontakte zu schließen.

Ihr Mund, ihre Nase, ihr Lächeln, es war das schönste Lächeln, dass er je gesehen hatte.

„ Und bei Dir? Warst du in letzter Zeit wo Schönes im Urlaub?"

„ Nein, ich habe in letzter Zeit nicht so viel Zeit gehabt. Ich musste...."

„ Das ist aber schade. Du musst einfach mehr auf Dich aufpassen. Wir haben uns deswegen vorgenommen, am Wochenende immer rauszufahren. Wir haben da eine kleine Hütte am See, wo wir immer hinfahren, es ist wirklich schön."

Er wusste auch nicht, dass *er* eine kleine Hütte am See hat, dachte er sich.

„ Also, hier sind die beiden Tassen Kaffee. Darf ich gleich kassieren?", fragte die Bedienung, als sie wieder kam.

Sie stellte den Kaffee auf den Tisch.

„ Darf ich ?"

„ Na gut, aber das nächste Mal bin ich dran", erwiderte sie.

„ Ich wünsche Ihnen beiden noch einen wunderschönen Tag", bedankte sich die Bedienung und ging.

Ja, wir beide bedanken uns auch sehr, dachte er sich und schaute das Mädchen tief an, blickte aber sofort weg, als sich ihre Augen trafen.

Es war eine kurze Stille.

„ Trinkst Du immer noch so viel Kaffee?", fragte sie ihn, den Kaffee auf dem Tisch anschauend.

„ Ja, mach ich. Ich weiß, es ist nicht so gut. Was solls! Genauso wie früher, bestimmt sechs, sieben Tassen am Tag."

Sie tat sich reichlich Milch und Zucker in ihre Tasse.

„ Du, hier ist Milch und Zucker. Nimm Dir!"

Sie reichte ihm die Zuckerdose und den kleinen Milchbehälter.

„ Danke, ich trinke meinen Kaffee schon immer schwarz, ohne Milch und Zucker!"

„ Ach ja", sagte sie und nahm einen kräftigen Schluck aus ihrer Tasse.
„ Sei mir nicht böse, aber ich glaub ich muss weiter", während sie auf ihre Uhr blickte.
„ Ich habe einen ganz wichtigen Termin. Wir haben nämlich nächste Woche eine Einladung. Es hat mich gefreut zu hören, dass es Dir so gut geht. Aber Du kommst uns auf alle Fälle besuchen"

Er trank noch alleine seinen Kaffee.

Kurz bevor er aufstand, öffnete er sein Portemonaie und nahm ein Photo heraus.

Er hatte es seit über einem Jahr bei sich getragen, und es war ziemlich verknittert.

Es zeigte ihn und das Mädchen. Sie hielten sich auf dem Photo beide im Arm.

Unten war eine Widmung geschrieben:

Auf die nächsten 5 Jahre. Für immer, in Liebe.

Er tat das Bild nicht mehr in seine Brieftasche, sondern legte es unter die Zuckerdose auf den Tisch.

Er nahm noch einen letzten Schluck Kaffee und ging.

Kleine Zettel

„ Kann ich Ihnen noch eine Kleinigkeit bringen?"

Sie schüttelte ihren Kopf und zeigte mit ihren Fingern auf ihren Mund und auf ihre Ohren. Gleichzeitig holte sie einen kleinen Block und einen Stift aus ihrer Tasche, die auf dem freien Platz neben ihr lag, und schrieb:

Ich kann Sie nur verstehen, wenn Sie ganz deutlich sprechen.
Aber mir wäre es lieber, Sie würden mir hier alles aufschreiben.

Er schrieb seine Frage auf den Block.

Sie schüttelte daraufhin den Kopf, hielt ihn aber dann doch, als er wieder gehen wollte, am Arm fest.

Vielleicht doch ein Glas Wasser. Ich bin ein bisschen nervös. Es ist mein erster Flug!

Er kam sofort wieder mit einem Wasser, holte einen eigenen Block aus seiner Jackentasche und schrieb:

Hier ist Ihr Wasser. Sie müssen sich jetzt anschnallen. Wir fliegen gleich ab.
Und keine Angst!

Das Flugzeug hob ab. Es war ein ganz kleines 4-motoriges Propellerflugzeug, das nur selten noch eingesetzt wird. Es waren nicht mehr als zwanzig Leute an Board.
Langsam wurden die Motoren angelassen, einer nach dem anderen und das Flugzeug fing an, über die Landebahn zu knarren. Auf einmal hob es an und flog steil in die Luft.

Sie hielt sich gespannt an den Sitzlehnen fest, während sie das Gesicht ans Fenster presste.

Als sie endgültig in Flugposition waren, kam der Stuart zurück und reichte ihr wieder einen kleinen Zettel:

Sie können Ihren Gurt wieder öffnen. War doch bis jetzt alles halb so schlimm.Wenn Sie mich brauchen, rufen Sie mich einfach.

Sie gestikulierte ihm etwas Unsicherheit und schrieb ihm wieder auf ihren Block:

Ja,ja, aber ich lasse den Gurt lieber zu.
Danke.

Der Stuart kümmerte sich um die weiteren Passagiere, während sie aus dem Fenster schaute. Unten war alles ganz winzig zu sehen. Erst noch Häuser, Wälder, dann die Bucht, mit allen kleinen Segelschiffen, die noch erkennbar waren.

Er kam wieder bei ihr vorbei.

Alles in Ordnung, noch etwas zu trinken?

Sie reichte ihm wieder einen Zettel, noch etwas aufgeregt:

Was ist das alles da unten?

Er schrieb ihr genau auf, wo sie sich gerade befanden, wie die Route ausschaute, auf was sie achten sollte und nochmals, dass sie nicht beunruhigt sein sollte.
Er brachte ihr dann einen Kaffee und ein paar Plätzchen und streichelte ihre Hand.
Mit der Zeit wurde sie viel ruhiger.

Kann ich noch ein Cola haben?

Er nahm den Zettel und brachte ihr ein Cola.
Sie reichte ihm gleich wieder eine Notiz:

*Danke. Sie müssen wissen, es ist nicht nur mein erster Flug.
Es ist meine erste Reise überhaupt. Ich besuche das ertse
Mal meine Schwester. Ich bin auch das erste Mal alleine
unterwegs.*

Der Stuart ging und legte ihr, als er wieder vorbeiging, eine
kleine Praline auf das Tablett vor ihr mit einer kleinen
Notiz:

Keine Angst, Sie machen alles ganz tapfer.

Sie fragte nochmals nach Kaffee und er erklärte ihr auch
wieder die momentane Position des Flugzeugs.
Die nächste halbe Stunde schaute sie gespannt aus dem
Fenster.

Alles in Ordnung?

Sie blickte auf den neuen kleinen Zettel, den er ihr gab.

Logisch!

schrieb sie zurück mit dem ihm zu erkennenden Blick einer
professionellen Vielfliegerin.

Logisch!

erhielt sie einen Zettel zurück.

Daraufhin schob sie die Sitzlehne nach hinten und machte
ihre Augen zu.

Eine weitere halbe Stunde verging.

„ Wir befinden uns im Anlandeflug. Wir möchten Sie
bitten, Ihre Sitze in eine aufrechte Position zu bringen. Wir
werden in etwa zehn Minuten am Terminal sein. Wir
bedanken uns, dass Sie mit uns geflogen sind", rief es durch
den Lautsprecher.

Ein Fluggast auf der anderen Seite des Ganges hatte sie
angestupst und ihr signalisiert, dass sie landen.
Sie brachte die Lehne aufrecht und machte sich für die
Landung bereit.
Dann nahm sie wieder ihren Notizblock aus ihrer Tasche
und schrieb eine Notiz:

*Ich möchte Ihnen danken, dass Sie mir den Flug so einfach
und so schön gemacht haben.*
Kurz hatte ich geträumt, ich würde selber fliegen.

Beim Vorbeigehen steckte sie ihm die Notitz zu.

Das Flugzeug hatte nach einem steilen Anflug endlich den
Boden erreicht und war inzwischen zum Stehen gekommen.
Die Passagiere fingen an, das Flugzeug zu verlassen.
Sie schaute sich um, konnte ihn aber nicht mehr sehen.

„ Danke, beehren Sie uns bald wieder", kam es aus dem
Lautsprecher.

Froh, dass sie den Flug und die Reise so gut überstanden
hatte, ging sie so den anderen Fluggästen hinterher, den
Gang zum Terminal entlang, jedoch etwas traurig, von ihm
nichts mehr gehört zu haben.

„ Hallo, hallo, warten Sie."

Er hatte kurz vergessen, dass sie ihn nicht hören konnte. Er lief ihr hinterher.

Er hatte sie noch am Ende des Ganges eingeholt und übergab ihr noch einen kleinen letzten Zettel.
Er signalisierte, dass er wieder weiter musste und verabschiedete sich.

Als er gegangen war, blieb sie stehen und las die kleine Notiz.

Ich möchte mich bei Ihnen bedanken.

Und tun Sie mir einen Gefallen:

Hören Sie nie auf zu träumen!

Sie faltete den Zettel sorgfältig zusammen und steckte ihn in ihre Tasche.

Sie richtete sich aufwärts und ging glücklich mit selbstsicherem Gang zum Ausgang, wo ihre Schwester auf sie wartete.

Die Sonne stand schon hoch.

Er zündete sich eine Zigarette an.
Er konnte diese verdammten filterlosen Dinger
eigentlich gar nicht ausstehen.
Doch als er ein Junge war, hatte er irgendwann einmal
damit angefangen.

Der Pavillon glänzte in der Sonne.
Im Park war es ruhig.

Er dachte weiter nach.

Der Postbote

„ Was glaubst Du denn, was er macht?“
„ Keine Ahnung! Ich sehe nur, dass er ein Paket in der Hand hat.“

Er hörte die beiden Mädchen hinter sich flüstern. Sie waren nur ein paar
Schritte hinter ihm gegangen. Irgendwie hatte er gemerkt, dass sie ihm nachgingen.
Sie waren beide vielleicht vierzehn Jahre alt.
Er hörte sie wieder tuscheln.
Er trug seinen dicken Gesetzestext unter seinem Arm, der in einem braunen Karton war.
Es war schon ½ 2 Uhr. Er hätte schon um 1 Uhr da sein müssen. Das heißt, 1 Uhr oder 1.15 Uhr. Er hatte sich auch nach vielen Jahren nicht den Unterschied merken können zwischen s.t. und c.t.. Warum konnte man nicht einfach sagen um Viertel nach oder nicht Viertel nach. Aber es war ja eigentlich egal, er war ja , wie auch immer, auch im günstigsten Fall schon 15 Minuten zu spät.
Er hetzte sich deswegen auf dem Weg zur U-Bahn nicht ab.
Er drehte sich um und versuchte den zwei jungen Mädchen, die immer noch hinter ihm waren, ins Gesicht zu schauen.
Sie drehten sich schüchtern weg, wichen aber nicht von ihm.

„ Komm, lass uns weitergehen!“, flüsterte die eine.
„ Nein, ich will sehen, wo er hingeht!“, wehrte sich die andere.
Er versuchte immer noch, sich krampfhaft an den Unterschied von c.t. und s.t. zu erinnern.
Die beiden verfolgten ihn weiter zur U-Bahn runter.
Dort wartete er auf seine U-Bahn.

Im Abstand von ein paar Metern standen ganz *unauffällig* die beiden Mädchen. Die eine etwas genervt, die andere neugierg und etwas nervös. Sie schaute immer zu ihm rüber und dann wieder weg. Immer, wenn er in ihre Richtung schaute, blickten sie wieder weg.

Trotzdem tat er so, als ob er nicht merkte, dass sie ihm nachgegangen waren.

Die U-Bahn war gekommen. Er ging hinein und stellte sich gleich an die Tür.

Die beiden Mädchen sprangen zugleich in denselben Waggon und setzten sich auf die Sitzbank direkt ihm gegenüber.

Sie blickten ihn weiter an und tuschelten wieder.

Er merkte, wie das eine Mädchen richtig nervös war.

So ging es noch ein paar Stationen.

Er hatte die ganze Zeit weiter so getan, als hätte er nichts bemerkt, und die Mädchen gar nicht wahrgenommen, jedenfalls nicht, als dass sie ihn gefolgt wären.

Seine Station war gekommen.

Er musste aussteigen.

Als die Türen aufgingen, blieb er kurz stehen und schaute zu den beiden Mädchen.

Er blickte dem einen Mädchen tief in die Augen. Sie schaute diesmal nicht weg.

Dann lächelte er sie an.

Ihre Augen strahlten ihn an und sie lächelte strahlend zurück.

Er sprang aus der U-Bahn.

Sie folgten ihm diesmal nicht weiter.

Er wusste, dass er dem Mädchen einen schönen Tag gemacht hatte.

Auch für ihn war der Tag wieder gerettet.

„ Glaubst Du wirklich, dass er Postbote war?"
„ Keine Ahnung, aber warscheinlich, er hatte ja ein Päckchen unter dem Arm!"

Die Lounge

„ Hallo", nickte er, als er den Raum betrat. Das heißt,
eigentlich waren es zwei Räume. Ein kleiner Raucherraum,
der sich an einen größeren Raum anschloss. Im größeren
Raum befanden sich mehrere Sessel und eine Bar in der
Mitte. Die beiden Räume waren durch eine kleine, jedoch
offen stehende Tür miteinander verbunden.

Er ging auf den Raucherraum zu und zündete sich eine
Zigarette an. Im Raucherraum befand sich außer ihm noch
eine ältere Frau, die filterlose Zigaretten rauchte.
Er nickte zu ihr hin und machte irgendeine Bemerkung, die
üblich ist für Raucher, die sich im Raucherraum treffen
oder an sonst irgendwelchen abgelegenen Enden dieser
Welt, die für Raucher übrig geblieben sind.

Er befand sich bei einem Zwischenstop im Flughafen.

Die Lounge war für solche Leute reserviert.
Die Drinks an der Bar waren frei.

Er nickte der Frau nochmals solidarisch zu. Er hatte das
Gefühl, dass sie in ihrem Leben schon sehr viele Zigaretten
geraucht hatte.
Sie saß dort, rauchte ihre Zigaretten und blickte an die
Wand.
Das Gesicht war alt, aber gepflegt. Die Statur klein. Ihre
Kleidung war teuer.
Sie war wohl alleine unterwegs.
Ihr Blick war einsam.
Sie schaute ihn an, wie er dastand und rauchte und hatte
wohl Vertrauen zu ihm gefunden.

„ Wohin fliegen Sie denn?", fragte sie ihn etwas zögerlich.

Er hatte das Gefühl, dass sie lange überlegt hatte zu ihm zu sprechen oder nicht.
Er murmelte etwas zurück.
Scheinbar hatte es, obwohl unbeabsichtigt, etwas abweisend geklungen, als ob er nicht daran interessiert wäre, eine Unterhaltung zu führen.

„ Entschuldigen Sie, dass ich Sie angesprochen habe. Entschuldigen Sie nochmals. Es tut mir wirklich leid."

Sie hatte nicht aufgehört, sich zu entschuldigen. Es war nicht seine Absicht gewesen.
Auf einmal hatte er das Gefühl, dass dies das erste Mal seit langem war, dass sie den Versuch gestartet hatte, mit jemandem eine Unterhaltung zu führen.
Ihr Blick wurde noch einsamer.

Es tat ihm leid. Doch er musste wieder weiter. Auch er entschuldigte sich bei ihr und wünschte ihr alles Gute.
Sie blieb weiter sitzen, rauchte ihe Zigaretten und blickte an die Wand.

Er verließ das kleine Raucherzimmer, ging an der Bar vorbei und verließ die Lounge.

„ Hallo, Barkeeper, erwarten Sie etwa, dass ich diesen Drink ohne Limone trinke?", schrie einer, der an der Bar saß, den Barkeeper an. Er grinste dabei seinen Bekannten und seine Begleitung an, die ihm natürlich kopfschüttelnd zustimmten.

An der Tankstelle

„ Drei Flaschen Bier, bitte!"

„ Hier bitte."

Es war um halb eins in der Nacht.
Er packte die Flaschen in seine Tüte.
Die Tankstelle war nur eine Straße weiter von seinem Haus.
Vor ihm war ein Mann gewesen, der sich auch Bier gekauft
hatte. Davor eine Frau.
Sie kaufte sich auch Bier.
Der Mann nach ihm natürlich auch.
Genauso die Zwei danach.
Er wunderte sich über die vielen Leute, die nachts sich Bier
kauften.
Die Tankstelle war nachts nicht für Benzin da, sondern für
Bier.

Er wunderte sich über diese Menschen.

Irgendwie ist die Welt ganz schön runtergekommen.
Er nahm seine Tüte und ging nach Hause.

Auf dem Weg wunderte er sich plötzlich über sich selbst.

Meine Heimatstadt

In seiner Heimatstadt gibt es eine große breite Straße mit
einem großen Tor. Ein Monument, das dem Frieden mahnt.
Ein Platz mit einem Glockenspiel. Es soll wohl
weltberühmt sein.
Es gibt sogar ein berühmtes Wirtshaus.
Und natürlich einen schönen, großen Park, wohl genauso
berühmt.

In dieser Stadt ging er zur Schule. Hier hatte er studiert.
Hier hatte er das erste Mal geküsst.
Auch hier hatte er seine erste Zigarette geraucht.

Doch in seiner Heimatstadt gibt es auch ein großes Capitol
und eine noch breitere Straße.
In der Straße gibt es viele Museen. Auch gibt es einen
großen weißen Obelisken. Er soll wohl auch dem Frieden
mahnen. Natürlich auch weltberühmt.
Es gibt natürlich auch einen Park, nicht ganz so groß.

In dieser Stadt ging er auch zur Schule. Als er ein Kind
war, hatte er hier einen Baum gepflanzt. Man musste nur
den Pfirsichkern in die Erde legen. Dann würde der Baum
wachsen.
Vielleicht war einer der Bäume seiner.
Er war meist in der einen, doch auch öfters in der anderen
Stadt.
Eigentlich war er fast immer in der einen, doch oft dachte
er an die andere.
Wäre es in der anderen anders gewesen, als in der einen?

Er fragte sich immer wieder.

Welche ist nun meine Heimatstadt?

Rosa dumetorum (Do you know John ?)

„ Es ist aber lieb von Ihnen, dass Sie so schöne Blumen mitbringen!", wurde er empfangen.

„ Danke für die Einladung."

Er setzte sich an den gedeckten Kaffeetisch und begrüßte die anderen.
Er war der Letzte gewesen.
Die Dame des Hauses, die ihn empfangen hatte, gesellte sich dazu und stellte eine Vase mit den von ihm mitgebrachten Blumen auf den Tisch.

„ Kaffee oder Tee?"

„ Kaffee, bitte!"

Er befand sich auf der Geburtstagsfeier einer Bekannten, bei deren Eltern zu Hause.
Sie wohnten in einer schönen Altbauwohnung. Der Tisch, an dem sie saßen, war für zwölf Personen gedeckt.
Mutter, Vater, Kollegen und Kolleginnen. Der richtige Kreis für Kaffee und Kuchen.

„ Probieren Sie doch noch etwas von diesen Törtchen!"

„ Ja, vielen Dank, einfach wunderbar", erwiderte ein Mädchen.

„ Sie sind doch ein junger Jurist, so kennen Sie bestimmt den neuen Aufsatz von Schaumburg über die Reform des finanzgerichtlichen Revisionsrechts."

„ Ein ausgezeichneter Aufsatz", erwiderte der andere.

„ Ich versuche, jedoch, bei manchen Betrachtungsweisen dies manchmal aus der Sicht eines Historikers zu tun und nicht aus der Sicht eines Juristen".

„ Da haben Sie vollkommen recht, eine zu starke Einseitigkeit würde unsere Offenheit trüben", sagte der andere junge Mann

„ Im übrigen, wie gefällt Ihnen diese neue Aufnahme der Matthäus-Passion?"

Im Hintergrund war Kirchenmusik zu hören.

„ Sehr interessant", nickte der andere mit dem Kopf.

Der Vater wandte sich wieder zu ihm.

„ Ich hatte Sie noch gar nicht kennengelernt"

Er stellte sich nochmals vor.

„ Und wie ich sehe, sind die Blumen von Ihnen? Wie nennt man denn diese Blumen?"

„ Keine Ahnung. Ich habe gestern im Blumenladen nach Blumen gefragt, die etwas halten würden, da heute Sonntag ist und ich nicht so früh aufstehen wollte", erwiderte er darauf, sich nichts dabei denkend.

Daraufhin blickte der Vater ihn herablassend an und wendete sich wieder von ihm ab.

„ Rosa dometurum", warf der andere laut ein.

„ Sehr richtig, sehr richtig", blickte der Vater den anderen in größter Bewunderung an.

Man schenkte ihm den restlichen Nachmittag nicht viel Beachtung, doch er auch nicht ihnen.
Denn er konnte nur lächeln, denn er kannte seine Tochter und wusste, was sie so alles trieb.
Er kannte auch seinen Sohn und wusste, dass er ein Taugenichts war.
Er wusste auch, dass der Vater dies wusste.
Er würde sich nie dieser Heuchelei anschließen.

Als er am Abend zu Hause war, bekam er einen Anruf.
Es war ein Anruf aus Amerika.

„ Do you know John?", schrie es durch den Telefonhörer.
„ What do you think of him?"

Es war sein Vater.

„ I think, John is an idiot!", erwiderte er.

„ An Idiot?", schrie es wieder zurück.

„ John is not just an idiot, John is a goddamned son of a bitch!"

Er legte wieder auf. Er bekam öfter solche Anrufe von seinem Vater in der Nacht.
Er setzte sich wieder hin.

Auf einmal musste er ganz laut lachen.

Das Kompliment

„ Können Sie mich zu irgendetwas einladen?", fragte sie ihn.

Er drehte sich zur Seite und sah die nicht ganz so junge Frau neben ihm sitzen. Er blickte nochmals in sein Glas mit den Eiswürfeln, mit denen er die ganze Zeit gespielt hatte, und dann wieder zu ihr.

„ Ja, sicher", erwiderte er.

Er war bei einer Sylvesterparty gewesen und es war schon lange nach Mitternacht. Er wollte noch einen letzten Drink nehmen, bevor er sich wieder auf den Weg nach Hause machen wollte.

„ Übrigens, alles Gute zum Neuen Jahr!", sagte sie.

„ Danke, Ihnen auch", erwiderte er, wieder in sein Glas guckend.

Sie bestellte sich dasselbe wie er.

„ Danke", sagte sie, als ihr Drink kam und stieß mit ihm an.

„ Wie hat Ihnen die Sylvesterparty gefallen?", fragte sie ihn wieder.

„ Keine Ahnung, ich kann mich nicht mehr erinnern ", erwiderte er mit einem leichten Lächeln.

Sie fing an zu lachen.

„ Ja, Sie haben recht!", sagte sie noch lachend.

Er schaute ihr dieses Mal richtig ins Gesicht und prostete ihr zu.
Sie fingen an, sich zu unterhalten und saßen fast noch ein einhalb Stunden an der Bar.
Er fing an, sich das erste Mal an diesem Abend gut zu unterhalten.
Der Barkeeper signalisierte, dass er schließen würde.
Also gingen sie beide hinaus in die noch dunkle Nacht.
Er wollte sich von ihr verabschieden.

„ Könntest Du mich nicht noch kurz nach Hause begleiten, ich wohne nur ein paar Straßen weiter von hier?", fragte sie ihn.

„ Ja, wieso nicht."

Also gingen sie beide noch etwa zehn Minuten durch die dunklen Straßen. Die Straßen hatten sich schon geleert. Nur noch vereinzelt war ein übrig gebliebener, angeheiterter Sylvesterfeierer zwischen den abgebrannten Sylvesterraketen, die auf dem Boden lagen, durch die Straßen ziehend, zu sehen.

Am Eck vor ihrer Haustür stand noch ein Mann, der starr in die Leere blickte und dabei scheinbar endlos in seine Tasche griff und sich dabei unaufhörlich Konfetti über seinen Kopf streute.

An ihrer Haustür angelangt, wollte er sich wieder verabschieden.

„ Willst Du nicht noch kurz mit raufkommen? Ich könnte uns noch kurz was zu Essen machen", fragte sie wieder.

Er zögerte etwas, doch dann entschloss er sich doch dafür.

Sie öffnete die Wohnungstür und beide traten ein. Sie
schenkte ihm etwas zu trinken ein und verschwand kurz ins
andere Zimmer.
Er befand sich in einem kleinen Wohnzimmer, von dem aus
sich neben der Einganstür noch drei weitere Türen
anschlossen.

Sie kam wieder aus einer Tür heraus und ließ sie offen
stehen. Es war das Schlafzimmer gewesen. Sie öffnete die
andere Tür und machte Licht. Es war die Küche.
Sie setzte sich wieder zu ihm.

„ Es war schön, dass Du mich nach Hause begleitet hast.
Also, wo wollen wir hingehen?"

Sie deutete mit der einen Hand auf das offene
Schlafzimmer und mit der anderen Hand auf die Küche.

Er deutete auf die Küche.

Sie setzten sich beide an den Küchentisch und auf einmal
fing sie an mit großer Freude Essen zu machen. Es war
schon hell geworden. Sie machte Kaffee und Eier und
Schinken.
Sie erzählte, dass sie im übrigen gut kochen könne.
Er blieb noch etwa eine Stunde. Sie aßen und tranken
Kaffee und sie erzählte ihm von früher, von ihrer Kindheit,
von ihren Eltern,als sie ein junges Mädchen war, sowie von
ihrer ersten Liebe.

Es war das schönste Sylvester, dass er erlebt hatte.
Es war früh am Morgen und beide fingen schon an, etwas
müde zu werden.

Er verabschiedete sich, bedankte sich und küsste sie auf die
Wange.

Sie tat dasselbe.

Als er den Gang entlang lief, rief sie ihm noch nach:

„ Danke für das Kompliment! Du warst der Erste, der so war!"

Es war nicht als Kompliment gemeint, doch leider hatte sie es bis jetzt nicht anders kennen gelernt.

High Noon

Er öffnete die Saaltür, versuchte sie leise hinter sich zu schließen und ging auf eine der hinteren Bänke zu. Er setzte sich auf den freien Platz. Die Blicke hatten sich wieder von ihm abgewandt.
Es war erst neun Uhr früh, trotzdem war er eine Stunde spät.
Er hatte es einfach nicht geschafft, aufzustehen.
Seine Krawatte schob er noch etwas fester. Einer Krawatte hätte es nicht bedurft, doch er dachte sich, wenn er schon immer zu spät kam, müsse er wenigstens eine Krawatte tragen.

Er dachte an einen der Schachspieler auf dem Platz im Freien, in der Nähe seiner Wohnung.
Mehr als den Inhalt seiner Plastiktüte und der Liebe zum Schach hatte der Mann wohl nicht besessen.
Aber er trug immer eine Krawatte und ein Jackett, wenn auch etwas abgewetzt.
Wohl einfach als Alibi für sich selbst.

Er langte sich nochmal an die Krawatte.

„ Es gibt keinen expliziten Grundrechtskatalog im EU-Vertrag, jedoch ist ein solcher hineinzulesen", hörte er von vorne klingen.

„ Man darf demnach nicht immer nach dem Wort sich orientieren, eine Interpretation muss immer möglich sein", konnte er irgendwie hören.

Das Mädchen neben ihm hatte irgendetwas zum Thema gesagt.

Er hatte sie erst gar nicht beachtet. Er war zu beschäftigt
mit seiner Krawatte und dem Schlaf in seinen Augen.

Er drehte sich leicht zur Seite und blickte sie an.
Sie war wunderhübsch gewesen.
Doch er konnte sie nicht die ganze Zeit anstarren.
Sein Blick glitt unter die Bank.
Sie trug einen kurzen Rock. Die sanfte Haut ihrer nackten
Beine leuchtete fast. Er bewunderte ihre kleinen Füße in
ihren offenen Sandalen mit den kleinen Absätzen, mit ihren
roten Zehennägeln.

„ Der Europarechtsvertrag gestaltet sich demnach....“

Vom Vortrag hatte er nichts mehr gehört.

Sie hatte die Beine überschlagen und wippte mit dem Fuß
des überliegenden Beines hoch und
runter. Der kleine Schuh löste sich so immer von der Ferse
und wieder zurück.

Er konnte nicht von ihren Beinen und Füßen lassen.
Zwischendurch wagte er auch einen Blick auf ihr Gesicht.

„ Die Rechtsreform im Rahmen der.....“

Er überlegte, was für eine Schuhgröße sie wohl haben
würde.

Inzwischen ertönte der Mittagsgong.
Die Klausur von letzter Woche wurde wieder
zurückgegeben.

Er erhielt seine zurück.
Gerade noch bestanden.

Er las die Bemerkung.

„ Sie müssen auf den Wortlaut achten. Sie dürfen nicht
einfach selbst hineininterpretieren.
 Mit Ihrem Rechtsverständnis könnten Sie Friedensrichter
im Wilden Westen werden."

Er blickte ihr nach während sie das Zimmer verließ.
Sie sah so schön aus in ihrem blauen Kleid.

Hätte er einen Wunsch, würde er die Zügel fest in die Hand
nehmen und mit ihr, neben sich, mit der Kutsche aus der
Stadt galoppieren.

Learning English

„ Okay now, this is Susan.
Can you tell me what Susan is doing *now, at the moment.*"

Er hatte das große Bilderbuch vor die drei Mädchen auf den Tisch gelegt.
Darin war eine Frau zu sehen, die jeweils die Tür öffnete, zur U-Bahn ging, die Zeitung las etc.

„Yes, Susan opens here the door, she reads here the newspaper...",
fing eines der Mädchen an.

„ Very good, but not completely, listen one more time, what is she doing *now*?", wiederholte er die Frage. „ Maybe someone else wants to try."

„ In this picture Susan is opening the door. Here she is going to the subway and there she is reading the newspaper", trug sofort das eine Mädchen, das ihm gegenüber saß, vor.

„ Very good, that`s what I wanted to hear. If it`s at the moment always use the – ing. Now let`s try everyday."

„ Everyday she walks, she reads, she opens...", trug wieder dasselbe Mädchen vor.

„Good, now I would like to hear the same thing from you", wendete er sich an das Mädchen, das noch nichts gesagt hatte.

„ Now she walking, reading...", stammelte sie.

„ Just take your time. Don`t be afraid. It is not difficult at all", beruhigte er sie. Er merkte, dass sie sich etwas unsicher fühlte.
„ Es ist alles überhaupt kein Problem. Man muss sich nur Zeit lassen", sagte er ihr nochmal auf Deutsch.
Er hatte sich hauptsächlich ihr gewidmet, trotz der schnellen immer korrekten Zurufe der anderen.

So ging die nächste Stunde vorüber. Simple present, present continious, simple past....
Das übliche Programm, wie so oft.

Er arbeitete nebenbei als Englischlehrer an einer Sprachenschule.
Er unterrichtete meist kleine Dreier- oder Viergruppen.
Die meisten kamen, um ihr Englisch aus alten Schulzeiten für Beruf oder Urlaub oder ähnliches aufzubessern.
Glücklich über seine Beschäftigung war er nicht. Doch diese war wohl besser als manches andere.
Meist sah er die jeweiligen Schüler auch nur einmal, da es das Konzept der Schule war, die Lehrer jeweils rotieren zu lassen.

Es klingelte, er verabschiedete sich und verließ das Klassenzimmer.
Ein neues Klassenzimmer.

„ Hello, I`m your teacher for today."

Present perfekt, past perfekt, Englisch on the telephone...

Eine Woche später öffnete er wieder die Tür zu einem Klassenzimmer.
Das Mädchen aus der Klasse von vor einer Woche, das sich etwas schwerer getan hatte, saß dort am Tisch, aber ohne ihre Kolleginnen.

„ Ich habe meinen Gruppenunterricht in Einzelunterricht umstellen lassen und habe angefordert, dass ich jetzt nur noch von Ihnen unterrichtet werde", sagte sie gleich.

Er hatte jetzt erst gemerkt, wie hübsch sie eigentlich war und dass sie genau so unsicher war, wie er selbst. Er hatte nur gelernt, seine Unsicherheit zu verbergen, jedes Mal, wenn er eine neue Klasse vor sich sitzen sah.

Sie fingen an zu lernen. Zweimal die Woche zwei Stunden. Sie gab sich viel Mühe und ihr Englisch wurde von Stunde zu Stunde besser.

Er fing an, sich auf die Stunden mit ihr zu freuen. Es störte ihn nicht mehr, an Present Perfect zu denken. Sie lernten sich so gegenseitig kennen.

Nach drei Monaten war ihre letzte Stunde. Sie konnten sich inzwischen über fast alles auf englisch unterhalten.

Er hatte sich überlegt, ob er sie nach dieser letzten Stunde fragen könnte, ob sie sich nun auch einmal außerhalb der Englischstunden treffen würden.

Doch bevor er es gewagt hatte, hörte er von ihr, dass sie sagte, auch wenn es dieses Mal das letzte Mal sei, müsse sie heute etwas eher aufhören. Sie müsse heute etwas eher als sonst ihren Mann treffen.

Dies traf ihn überraschend.

Sie hatte ihm fast alles erzählt, aber nicht, dass sie verheiratet war.

Sie merkte, dass er etwas enttäuscht schaute und blickte ihn an.

„ Ich weiß", sagte sie, „aber manchmal sind die Dinge eben so".

Sie verabschiedeten sich.

„ Bye, bye, I will think of you, and don't forget your English", sagte er ihr nach.

„ I won't, I have already booked my next course with you in September", rief sie zurück.

„Ich sehe Dich dann im September", rief sie ihm auf Deutsch noch einmal nach.

Er winkte ihr nach.

Er öffnete die Tür zum nächsten Klassenzimmer.

„ Okay now, this is Susan.
Can you tell me........."

Von Großen und von Kleinen

Es gab den großen Thomas und den kleinen Thomas.

Alle nannten sie so.

Der kleine Thomas war eigentlich größer als der große Thomas. Der kleine Thomas war auch älter als der große Thomas.

Doch der große Thomas blieb immer der große Thomas. Der Kleine der kleine.

Es hatte einen Grund. Der große Thomas war der Chef. Obwohl sie nur zu zweit waren und eigentlich Partner waren, blieb der große Thomas der Chef. Auch nur sein Name stand oben an der Tür.

Sie hatten beide zusammen ein Friseurgeschäft. Das Geschäft lief gut. Alle wollten zu den beiden Thomasen.

Doch wer wichtig war, wollte nur zum großen Thomas. Die nicht so wichtigen gingen zum kleinen Thomas.

Schade war nur, dass der kleine Thomas eigentlich der bessere Friseur war, mit mehr Geschmack und mehr Talent.

Doch machmal ist man eben der große Thomas und manchmal nur der kleine.

Es war der kleine Jerry, der große Jerry und der mittlere Jerry.

Der große Jerry war alt. Der mittlere Jerry war mittelalt und der kleine Jerry war ganz jung.

Der mittlere Jerry und der große Jerry waren seit Jahren ein Paar.
Der mittlere Jerry liebte den großen Jerry von tieftsten Herzen.

Doch der große Jerry hatte ein Auge geworfen auf den kleinen Jerry .

Der mittlere Jerry wollte jedoch den großen Jerry nicht verlieren.

Auch war der mittlere Jerry der Einzigste unter den Jerrys, der den Unterhalt verdiente, denn, wie gesagt, der große Jerry war zu alt, der kleine Jerry war zu jung.

Doch der mittlere Jerry akzeptierte dennoch den kleinen Jerry. Wie gesagt, er wollte den großen Jerry nicht verlieren.
Manchmal hatte der kleine Jerry sogar Abendessen gemacht, wenn der mittlere Jerry von der Arbeit kam.
Der große Jerry lag meist nur auf der Couch.
Und so lebten sie miteinander. Der große Jerry, der kleine Jerry und der mittlere Jerry.

So ist es eben im Leben, manchmal ist man einfach der große Jerry, manchmal der kleine Jerry und manchmal einfach nur der mittlere.

Münchner Geschichten

Die beiden hatten sich etwa nach einem halben Jahr wieder
getroffen. In einem Cafe, das heißt, nicht nur in einem
Cafe, sondern in dem Cafe, in dem sie sich früher immer
trafen. Jeden Mittwoch und Donnerstag um 3 Uhr.
Um ½ 4 hatte dann immer gegenüber der Kurs begonnen.
Schließlich sind sie dann beide durchgefallen.
Nun wiederholte sich wieder der Kurs.

„ Sind Sie beide mal wieder da", begrüßte sie die
Bedienung, die zwei gleich wiedererkennend.
Die beiden pausierten kurz, leer in die Luft schauend, voller
Schwermut.

„ Ja, früher waren wir immer da!", seufzte der eine.

Sie schauten wieder beide in die Leere. Die Bedienung
sagte nichts.

„ Ja, dann waren wir nimmer da!", seufzte der andere.

Wieder entstand eine Pause.

„ Ja... und jetzt sind wir wieder da!", schließlich der eine,
noch ein bisschen nachdenklicher.

Die Bedienung schnauzte die beiden auf einmal an:

„ Wisst Ihr was, ich bin jetzt da, ich war früher da, und
werde auch noch in Zukunft da sein! Also, hört auf mit
Eurem Schmarrn! Also, zwei Kaffee wie immer!"

Sie wartete keine Antwort ab und ging hinter die Theke um
zwei Tassen Kaffee zu holen.

Von Wichtigen und Unwichtigen

Es gab mal einen. Alle nannten ihn einfach den Dicken.
Es war nicht so, dass ihn die anderen nicht gemocht hätten
und ihn deshalb so nannten. Irgendeiner hatte halt mal
gesagt „ Schau, da kommt der Dicke", und seitdem war er
eben der Dicke. Das heißt, so dick war er auch wieder
nicht, aber verschönernd zu sprechen, doch recht gut
gebaut.

Aber das Interessanteste an ihm war eher seine
Ausstrahlung.
Er hatte immer eine Präsenz, einfach etwas Wichtiges an
seiner Person, wenn er den Raum betrat.
Er war nicht unangenehm dabei, man hatte ihm seine
Wichtigkeit nicht verübelt. Er war einfach wichtig.

Hätte man ihn nicht schon den Dicken genannt, würde er
warscheinlich der Wichtige heißen.

Meist trug er Anzüge, diese meist dunkelblau, mit Weste
natürlich. Er trug seine Anzüge mit Würde, aber mit einer
natürlichen Selbstverständlichkeit.
Nicht zu vergessen seinen großen schwarzen Lederkoffer,
den er immer bei sich trug. Dieser verstärkte auch wieder
seine Wichtigkeit.

Er war Rechtsreferendar, das heißt, vor der großen
Anwaltskarriere musste noch das Zweite Staatsxamen
bestanden werden.
Bei ihm vermutete man aber nicht nur einen Referendar,
wenn man ihn nicht kannte.
Die anderen Referendare standen meist nur genervt herum.
Nicht aber er.

Einmal war er sogar im Fernsehen zu sehen.
Bei einem Lokalsender. Sie hatten von einer
Gerichtsverhandlung berichtet.
Die Kamera war auf den Vorraum des Gerichtssaals
gerichtet. Viele eher gelangweilte Menschen waren zu
sehen, wartend auf die Fortführung der Verhandlung.
Bis auf einmal der Dicke durchs Bild lief.
Er lief quer durch den Vorraum. Die anderen Wartenden
waren auf dem Bild kaum mehr wahrzunehmen.
Das Bild wurde ausgefüllt von dem, bzw. unserem Dicken.

Daraufhin hob er die Hand, grüßte in die Kamera und
verschwand.

Man hatte eigentlich den Oberstaatsanwalt vermutet, extra
angereist.
Er war halt so.

Jedenfalls hatte der Dicke auch eine Freundin.
Es war ein großes, blondes Mädchen.
Bei genauer Betrachtung war sie sogar ein bisschen größer
als er.
Ihre langen blonden Haare fielen sehr auf. Besonders als
Kontrast zu ihrer meist schwarzen Kleidung; kurze Röcke
und hohe schwarze Lederstiefel trug sie am liebsten.
Aber sie sah ja auch gut darin aus.

Man würde meinen, er hätte sich mit ihr geschmückt.

Doch sie hat irgendwie zu ihm gepasst. Seine Wichtigkeit
wurde durch sie noch einmal unterstrichen.
Er hatte einfach eine Schöne an seiner Seite.
Ja, er hatte einfach eine Schöne an seiner Seite!

Aber, wie gesagt, man hatte ihm seine Wichtigkeit und
schon gar nicht seine Schöne verübelt.

Er war halt einfach so.

Kurz darauf war Examen.
Man hatte sich dann nimmer gesehen, und natürlich auch
den Dicken nicht mehr, sowie seine Freundin.

So verging die Zeit.
Jeder ging so seinen Weg, mancher wichtiger, mancher
weniger wichtig.
Sowohl auch der Dicke, dieser aber bestimmt besonders
wichtig.
Hin und wieder hatte man sich auch getroffen, wenn auch
nur aus Zufall, aber komischerweise nie den Dicken.

Einige Monate später hatte man aber dessen Freundin
wieder gesehen. Es war irgendwo abends.
Sie war in Begleitung eines anderen.

Kurz darauf hatte man gehört, dass der Dicke im Examen
durchgefallen sei.
Nie wieder Anwalt!

Er war wohl nicht mehr wichtig genug.

Doch so ist es eben manchmal. Mal ist man wichtig, dann
aufeinmal wieder nicht.

Jahreszeiten (Das Mädchen im blauen Kleid)

„Der Wind wehte der Weide leise ins goldene Haar,
Das Veilchen, noch verkrochen unterm Blattgrün war,
Doch Du hast´s gebrochen,
Es waren schöne Wochen,
Es wurde ein trauriges Jahr."

Eugen Roth

Es war nichts unübliches passiert.
Man merkte nur, dass die Tage anfingen länger zu werden.
Die Menschen anfingen, fröhlicher zu sein.

Auch er war bereit für den Frühling.
Doch er war auch genauso bereit für den Sommer, für
Herbst oder Winter. Es machte für ihn keinen Unterschied.
Das Leben lief eben wie es lief. So lange es keine
Tiefpunkte gab, brauchte es auch keine Höhepunkte zu
geben.
Er machte, was er zu machen hatte, nicht mehr und auch
nicht weniger.

Jedenfalls begann für ihn so wieder einmal der Frühling,
der bald wieder zum Sommer werden würde.

Doch in diesen Frühlingstagen traf er ein Mädchen.
Irgendwie durch Zufall.
Sie waren sich schon einmal begegnet.
Was ihn besonders freute.

Er war schon einmal neben ihr gesessen in einem
Rechtskurs.

Sie gingen miteinander Kaffee trinken.
Verabredeten sich wieder.
Dann trafen sie sich zum Tennisspielen. Es waren Jahre
vergangen, seitdem er das letzte mal Tennis gespielt hatte.
Er fing an, ein bisschen Spaß zu haben.
Er hatte sich sogar angestrengt dabei.

Am Tag danach wieder und noch einmal.
Er hatte Spaß gehabt.

Sie musste für ein paar Wochen weg.

Er war nicht sicher, ob er sie vermisste.

Doch als sie wieder anrief, fühlte er sich seit langem wieder
glücklich.

Sie trafen sich abends zum Essen.
Inzwischen war der Sommer eingekehrt.

Sie stießen auf einander an und er blickte in ihre blauen
Augen, ihre blonden Haare und er sah auf einmal das
schönste Gesicht, das man nur sehen konnte.
Sie sah so schön aus in ihrem blauen Kleid.
Er hatte das erste Mal seit langem wieder laut gelacht. Ihr
Charme und ihre Weiblichkeit brachten in ihm Gefühle
hervor, die er lange nicht mehr zu kennen glaubte.
Sie küsste ihn auf die Wange, nachdem er das goldene
Kettchen ihr um den Hals gelegt hatte. Nochmals küsste sie
ihn auf die Mundwinkel.

„ Das ist das schönste Geschenk, das ich je bekommen
habe!"

Es sollte nur eine Aufmerksamkeit gewesen sein.
Sie stießen wieder mit einander an und irgendwie kam es
ihm vor, als stießen sie an auf die Ewigkeit.
Sie waren die Letzten, die das Lokal verließen.

Sie hatten sich für die Woche darauf verabredet, wieder
Tennis zu spielen, ins Kino zu gehen, zusammen zu
kochen, bald im Winter Skifahren zu gehen, Theater zu
besuchen.
Was immer es auch gab, sie wollten es zusammen machen.

Sie verabschiedeten sich für den Abend, und er freute sich
auf die nächsten Tage.

Er war glücklich.

Die Woche darauf hatte sie sich nicht mehr bei ihm
gemeldet. Als er bei ihr anrief, war immer nur der
Anrufbeantworter an. Sie rief auch nicht zurück.

Er ging wieder in seine Routine.

Eines Abends, als er nach Hause kam, entdeckte er eine
Nachricht auf seinem Anrufbeantworter.

Es war sie gewesen.

Es täte ihr leid, nicht zurückgerufen zu haben. Sie möchte
sich bedanken für den schönsten Abend, den sie seit langem
gehabt habe, auf Wiedersehen und vielleicht würden sie
sich irgenwann einmal wieder sehen.

Immer wieder hörte er die Nachricht ab.

Doch er wusste, es hatte keinen Zweck, sie zurückzurufen.

Er wusste nicht, was passiert war, er wusste nicht, warum sie ihn nicht mehr sehen wollte.
Hatte sie jemand anderen, wollte sie nur ihn nicht?

Würde er es je herausfinden?
Er wusste nur eines.

Er hatte sich in sie verliebt.

Der Sommer ging bald wieder zu Ende.
Darauf folgte Herbst, Winter, Frühling. Und schon wieder war der Sommer da.

Der alte Mann und das Meer

Er schob seine Kapitänsmütze noch etwas tiefer in die Stirn.
Die tiefliegende Sonne hatte angefangen, ihn zu blenden.

Er blickte auf das Wasser. Es war ruhig. Keine Welle bis zum Horizont.
Die Möwen flogen tief und ihr Geschnatter durchbrach die, außer den leichten Wellen zu hörende, Stille.

Er konnte sich nicht erinnern, wie lange oder wie oft er schon da stand, mit dem Blick gerichtet auf das Wasser.

Er dachte an das Cap Horn, an das Cap der Guten Hoffnug. Das Cap der Guten Hoffnung an Feuerland vorbei. Nur die Besten konnten es umsegeln. Die Beringsee, wie das kalte Nordmeer. Die vielen Städte und Häfen dieser Welt.

Die Sonne spiegelte sich im Wasser. Er selbst konnte nun sein Spiegelbild im Wasser erkennen.
Alt war er geworden. Doch immer noch stolz blickte sein Spiegelbild zurück. Er hatte die Ehre eines Kapitäns zur See.

Er merkte, wie die Wellen heftiger wurden. Der Seegang schien rauher zu werden. Die Möwen flogen immer tiefer. Wolken kamen auf und die anfangs leichte Brise entwickelte sich zu einem kräftigen Wind.
Würde ein Sturm aufkommen, muss bald schiffklar gemacht werden. Die Luken dicht und die Leinen fest.

Seine Haut war gegerbt von der Luft, von der Arbeit im Freien, die Freiheit bedeutete.

Der Seegang wurde schwerer und er wusste, es würde eine unruhige Fahrt.
Die Segel müssten nun gesetzt werden und der Anker gelichtet.

Sein Leben war das Meer. Der Traum seiner Jugend und der Traum seines Lebens.
Die blauen Wellen und die Gischt, die sich darüber hinwegzog.
Die Weite bis zum Horizont.

Er griff mit Zeige- und Mittelfinger an seine Kapitänsmütze und salutierte hinaus in die See.

Er stand lange so da.

„ Komm, wir müssen zumachen. Ich glaube ein Sturm kommt auf. Die Boote sind auch alle schon zurück. Wir müssen sie nur noch festmachen. Dann können wir endlich Feierabend machen bis morgen früh."

Es war sein jüngerer Kollege.

Die beiden hatten seit mehreren Jahren einen Bootsverleih am kleinen künstlichen See im Park betrieben.

Er wendete sich ab vom Wasser und band die kleinen Ruderboote fest und machte mit seinem Kollegen den Verleih für den Abend dicht.

Denn er wusste, es war wieder Zeit, Anker zu lichten.

Von Fischen und von Wassermännern

„ Kann ich Euch beide auf etwas einladen?", fragte er die beiden Mädchen, die ein paar Barhocker weiter von ihm an der Theke standen.
Sie schauten ihn beide etwas verdutzt an, mit dem Ausdruck im Gesicht in der Art von ´was willst denn Du hier`. Eine kurze Pause lag in der Luft.

„ Seht Ihr, heute ist mein Geburtstag!", sagte er.
Ihm war nichts besseres eingefallen.

„Ja, dann natürlich!", sagte die eine. Die andere fing auch an zu nicken. Er setzte sich auf den Barhocker neben sie. Sie bestellten sich Getränke.

„Also, alles Gute zum Geburtstag", sagte die eine. „Alles Gute zum Geburtstag!", beglückwünschte ihn die andere.

Sie stießen an.

„ Wann hast Du denn Geburtstag, gestern oder heute?", fragte die eine ihn. Er schaute auf die Uhr, es war halb Eins.

„ Heute, seit einer halben Stunde", antwortete er, nachdem er auf die Uhr geschaut hatte.

Sie stießen noch einmal an.

„ Was bist Du denn dann für eine Sternzeichen?", fragte wieder die eine.

Er überlegte schnell, was es für ein Datum sei. Das Datum fiel ihm einfach nicht ein. Doch er wusste, es war Ende Februar. Ende Februar. Ende Februar.

Er dachte an das Lied: The year of Aquarius. Ja, Aquarius!
Wassermann! Ja, Februar ist Wassermann.

„ Wassermann!", antwortete er schnell.

Sie tranken noch einmal auf seinen Geburtstag.

„ Was für Eigenschaften hat denn der Wassermann?",
fragte die eine ihn.

Es wunderte ihn etwas, wieso die beiden sich so sehr für
sein Sternzeichen interessierten. Es war wahrscheinlich nur
eine Art Unterhaltung, die eh nicht interessiete. Doch
trotzdem wollte er sich keine Blöße geben.
Er selbst war von Sternzeichen ´Fisch`. Dieser folgte dem
Wassermann.
Jedenfalls kannte er keine einzige Eigenschaft des
Wassermanns.

„ Seht Ihr, ich bin ein später Wassermann! Kurz vor dem
Fisch. Deswegen kenne ich nur die Eigenschaften des
Fisches. Ich orientiere mich bei meinem Sternzeichen mehr
nach den Fischen!"
Sie guckten ihn kurz etwas verwundert an, dann nickten sie
beide zustimmend.

„ Er ist ein später Wassermann und orientiert sich
deswegen nach den Fischen", erklärte die eine nochmals
ihrer Freundin in einem verständnisvollen Ton.

„ Ja, ja, kann ich verstehen", stimmte die andere wieder zu.

Sie bestellten sich noch ein paar Drinks und prosteten
nochmals auf den Geburtstag.

Der Barkeeper hatte inzwischen mitbekommen, dass ein Geburtstag in Gange war und gab den Dreien noch etwas aus. Der Barkeeper und die Drei stießen noch einmal an und tranken auf den Geburtstag. Ein weiterer Kellner hinter der Bar prostete auf einmal auch zu. Die anderen, die an der Bar saßen, schlossen sich an.

Im Hintergrund spielten sie `Happy Birthday`, zwei weitere kamen und tranken mit ihm und tranken mit den Mädchen. Happy Birthday wurde nochmal gespielt. Eine weitere Runde wurde ausgegeben. Ein ganzer Tisch stand auf und gesellte sich an die Bar. Eine weitere Runde. Sekt, Bier, Drinks. Die Musik wurde lauter und die Leute fingen an, sich zu umarmen.
Alle schrien: „Alles Gute zum Geburtstag".
Sie umarmten sich, sie küssten sich, sie fingen an zu tanzen. Die Stimmung wurde immer ekstatischer. Jeder beglückte jeden zum Geburtstag. Jeder kannte jeden, jeder trank mit jedem, jeder küsste jeden, jeder liebte jeden. Die Musik war so laut, dass man nichts mehr hören konnte. Sie spielten immer noch `Happy Birthday`.

Er war schon gegangen.

Doch sie sangen und tanzten und tranken weiter bis zum nächsten Morgen. Und bis zum Morgen danach und danach und danach........

Der Anrufbeantworter

„Warum müssen`s denn schon wieder gehen?. Sie sind
doch gerade erst gekommen!
Trinken`s doch lieber noch`n Schnaps, bevor Sie gehen!"

Er saß irgendwo auf einem Berg in 2000m Höhe.
Er musste den Besuch machen. Mehrere Stunden hatte er
gebraucht, die Pässe hochzufahren.

Notgedrungenermaßen trank er den Schnaps.

Doch er musste einfach wieder nach Hause. Er hätte dort
auf dem Berg über Nacht bleiben können. Doch er wollte
nicht. Etwas trieb ihn einfach nach Hause.
Um ganz ehrlich zu sein, das heißt, so ehrlich war er sich
auch nicht gegenüber, er meinte eher, er vertrage nicht die
Bergluft, und die Leute, die er besucht hatte, lagen ihm
nicht:
es war sein Anrufbeantworter.

Er hatte sich mit ihr, nachdem sie sich überraschenderweise
wieder gemeldet hatte, für den folgenden Abend verabredet.

Die Verabredung seinerseits erfolgte jedoch über den
Anrufbeantworter ihrerseits. Falls sie nicht könne, solle sie
auf seinem Anrufbeantworter absagen. Bei keiner Nachricht
würde er sie abholen.
Er freute sich auf das Mädchen mit dem blauen Kleid.

Er setzte sich in sein Auto und fuhr los. Es fing schon an,
dunkel zu werden. Auch fing es an, leicht zu tröpfeln.

Er wusste eh nicht ganz genau, wo er war und konnte so nur
der Straßenmarkierung entlang fahren, bei der die

Dunkelheit und der Regen nicht sehr nützlich waren. Im übrigen hasste er das Autofahren in den Bergen.

Inzwischen goss es schon in Strömen, die Sicht war schlecht, der Abgrund, rechts von der Straße weg, war tief. So fuhr er von Pass zu Pass, von Hoch nach Tief, jedesmal, wenn er auf den Abgrund in eine Schlucht niederblickte, ließ er ein Stoßgebet los.
Nie wieder würde er in die Berge fahren!
Nie wieder würde er nachts in Dunkelheit und Regen einen Pass entlang fahren!
Wäre er doch am nächsten Tag bei Tageslicht und ohne Regen gefahren.
Und alles nur, er gestand es sich nun selbst ein, um herauszufinden, ob er eine Absage bekommen hatte.
Die Absage wäre auch am nächsten Tag noch auf seinem Band gewesen.

Doch er hätte die Nacht nicht warten können!

Nach mehreren Stunden war er wieder in der Stadt. Er war froh, angekommen zu sein, da er sich desöfteren schon unten in einer Schlucht wiedererkannte.

Er sperrte sein Auto ab und rannte in seine Wohnung, hin zu seinem Anrufbeantworter.
Würde das rote Lämpchen blinken, hätte er eine Nachricht.

Da stand er, der Anrufbeantworter.

Das Lämpchen blinkte nicht.
Er hatte keine Absage bekommen.

Die Fahrt hatte sich also doch gelohnt.

Einstweilige Verfügungen

„ Weißt Du überhaupt, wo wir hinfahren?"

„ Natürlich, ich hab auf die Landkarte geschaut! Wir dürften noch eine Stunde Zeit haben!"

„ Haben wir überhaut genug Benzin? Ich habe vorher meinen letzten Zwanziger vertankt!"

„ Aber sicher doch!"

„ Ich bin mir nicht sicher, ob dies eine gute Idee ist!"

„ Natürlich ist das eine gute Idee, außerdem danke, dass Du so spät noch gekommen bist!"

Sein Bekannter und Kollege hatte ihn etwa gegen Mitternacht angerufen, er solle mit seinem Auto gleich zu ihm kommen. Es wäre ungeheuer wichtig und er brauche seine Hilfe.
Obwohl er schon ausgezogen war, setzte er sich nochmal in sein Auto und fuhr zu ihm hin.

„ Also, ich erkläre es Dir noch einmal. Meine Mandantin lebt in Scheidung und ihr Mann hatte das Auto behalten und will es nicht hergeben. Sie möchte es wieder haben. Ich habe in Erfahrung gebracht, dass der Mann heute abend sich hier draußen befindet und wir so leicht Zutritt haben werden. Sonst ist das Fahrzeug immer bewacht. Ich habe den Schlüssel besorgt und so können wir dann wieder mit zwei Autos in die Stadt fahren."

„ Ganz legal ist dies wohl nicht. Dass wir bloß nicht wegen dieser Sache unsere Zulassungen verlieren. Ich glaube, für einen solchen Fall hätten wir eine einstweilige Verfügung beantragen müssen!"

„ Ja, ich weiß, eine einstweilige Verfügung in einer familienrechtlichen Streitigkeit. Und ich weiß nicht, wie das geht. Jedenfalls ist das viel zu kompliziert. Man kann es ja auch so machen.
Oder weißt Du, wie man eine familienrechtliche Anordnung beantragt?"

„ Nein, das weiß ich auch nicht! Du hast recht, so ist es am leichtesten!"

Das kleine Lämpchen für die Tankanzeige fing an zu leuchten.

„ Wir haben bald kein Benzin mehr."

„ Dann müssen wir noch schnell tanken.Ich habe noch einen Zehner übrig!"

„ Was kriegen wir überhaupt dafür bezahlt?"

„ Ich weiß nicht. Die Frau hat selber nicht so viel Geld."

„ Ist ja auch egal."

„ Gibst Du mir noch eine von den Filterlosen?"

Sie fuhren noch etwas die Landstraße entlang.

Das abzuholende Auto stand dort frei und unbewacht.
Der Bekannte stieg in das Auto ein und beide fuhren hintereinander wieder in die Stadt.

Der Bekannte brachte das Auto noch in der Nacht seiner Mandantin.

Er fuhr wieder nach Hause. Die Tankanzeige fing wieder an zu leuchten.

Ein paar Tage später erhielten sie ein Schreiben vom Amtsgericht.

Es war eine einstweilige Verfügung vom Familiengericht zur Herausgabe des entwendeten Fahrzeuges.

Couquille St.Jaques

(für 2 Personen)

100 g Jacobsmuscheln
200 g Champignons
1 kleine Zwiebel
¼ Becher Sahne
¼ Becher Semmelbrösel
Öl, Salz, Pfeffer
1 kleine Knoblauchzehe
50 g geriebenen Käse

Das Öl war in der Pfanne schon heiß und die kleine
Knoblauchzehe schon angebräunt.
Er nahm den Knoblauch aus dem Öl, schmiss ihn weg und
tat die klein geschnittene Zwiebel
ins Öl, die sofort brutzelte und rührte mit einem Löffel um.
Er nahm noch ein Schlückchen Wein und blickte auf den
hergerichteten Tisch.
Die schöne, bestickte Tischdecke hatte er sich vorher noch
ausgeliehen.

Als nächstes hatte er die in Würfeln geschnittenen
Champignons dazugegeben.

Er hatte am Nachmittag schon alles vorbereitet.

Nochmals rührte er um, bis die Zwiebeln glasig waren und
die Champignons durch.

Etwas Salz und Pfeffer folgte.

Nun waren die klein geschnittenen Jacobsmuscheln an der Reihe.
Sie wurden beigemischt, und sehr schell waren auch sie durch.

Ein Schluck Wein und ein weiterer Blick auf den gedeckten Tisch.

Er ging rüber zum Tisch und hauchte eines der hergerichteten Gläser an und wischte die von ihm gesehene kleine Unsauberkeit an seinem Hemdszipfel ab.

Nun folgte die Sahne. Nochmals umrühren.
Die Semmelbrösel dazu. Wieder umrühren.
Eine Masse war nun entstanden.
Wieder umrühren. Alles aber nicht zu heiß. Salz. Pfeffer.

Nun wurde die Masse verteilt auf 6 kleine Muschelschalen.

Käse noch darüberstreuen.
Und ab in den Backofen.
Doch vorher noch einen Schluck Wein.

Noch ein prüfender Blick auf den Tisch
Alles perfekt.

Er zündete die Kerzen an.
Die Muscheln nach 5 Minuten aus dem Ofen.

Er zog sein Jackett über und blickte auf die Uhr.

Sie war nicht gekommen.

Von Fischen und von Wassermännern forts.

Vodka Lemon! Gin Tonic!
Noch eine Runde!
Er saß mal wieder an einer Bar.

„Prost" und wieder einmal „Prost."

Seine Begleitung war schon bei ihrem fünften Drink.
Er wusste nicht mehr, bei dem wievielten er war.

Sie entschuldigte sich kurz.
Kaum war sie weg, fing er schon an, sich mit dem Mädchen
zwei Stühle weiter zu unterhalten.

„ Kann ich Sie auf etwas einladen. Was wollen Sie
trinken?", ging er auf sie zu.

Es war für ihn kein Problem, jemanden anzusprechen. Viel
zu oft war er in letzter Zeit in Bars gestanden, hatte seine
Zeit damit verbracht zu trinken und fremde Frauen
anzusprechen. Das Ansprechen ging schon aus Routine.

„ Gerne, Ramazzotti", antwortete sie.

Sie stießen an.
Seine Begleitung war immer noch sich `Frisch machen´.

„ Wie heißt Du denn?"

Sie tauschten Namen aus, und er gab ihr gleich seine
Visitenkarte.

„ Vielleicht können wir uns mal treffen?"

„ Ich bin fast jedes Wochenende hier", erwiderte sie.

Seine Begleitung war wieder gekommen und setzte sich an
die Bar und orderte noch einen Drink.
Er trank nun Vodka Lemon und Ramazzotti gleichzeitig.
Sie tranken weiter.
Die Begleitung trank alleine.

Alle Menschen in der Bar tranken und lachten.
Er, wie alle anderen.
Noch einen Ramazzotti!
Er prostete seiner ursprünglichen Begleitung zu.
Er wußte nicht, ob sein Verhalten ihr egal war oder nicht.
Jedenfalls war es ihm egal. Er badete sich in seiner neuen
Eroberung.
Fische, Wassermänner, Geburtstage waren nicht nötig und
nicht wichtig.
Trinken und Ansprechen ging auch so.
Er prostete ihr nochmal zu.
Sie war weg.
Sie tranken weiter.
Sein Kopf wurde langsam etwas schwer.

Er hätte damals die Tochter des Richters heiraten können.
Ihr Vater hätte ihn vielleicht sogar in den Staatsdienst
gebracht.
Doch er wollte sie nicht.

Die, die er wollte, wollte ihn nicht.
Er konnte immer noch nicht verstehen, warum.
Irgendwie kam er nicht über sie hinweg.
Würde er sie wieder sehen, sein Mädchen mit dem blauen
Kleid?

Er blickte in das Gesicht der neuen Dame.

Ihr Gesicht sah auf einmal verzerrt aus. Die Gesichter der anderen sahen auf einmal verzerrt aus. Ihre Stimme, die Stimmen der anderen, die Musik, alles war nur noch als Geräuschpegel für ihn hörbar.

Er ging kurz in sich. Sein Verhalten an diesem Abend und in letzter Zeit wurde ihm bewusst. Erstaunlich, wie schnell es gehen konnte! Die Hemmschwelle war zu tief geworden. Er musste an den ´großen Gatsby` denken oder doch nur an den ´Fänger im Roggen`.

Er wollte nicht mehr. Auf einmal stand er auf, ließ das Mädchen dort sitzen und rannte hinaus. An der Luft atmete er lange durch. Er setzte sich in ein Taxi nach Hause.
Er fühlte sich miserabel.

„ Macht 14.50", sagte der Taxifahrer.

Er gab ihm seinen letzten Zwanziger,

„ Stimmt so."

Er stieg aus.

„ Warten Sie!" rief der Taxifahrer ihm nach.

„ Ja bitte?", rief er zurück.

„ Sie sind kein Mensch, der in Bars steht. Ich treffe viele Leute. Sie sind ein anständiger Mensch. Sie brauchen nur etwas Glück!"

Er blieb noch kurz stehen und blickte dem wegfahrenden Taxi nach. Er ging in seine Wohnung und legte sich gleich ins Bett.
Sein Kopf fühlte sich schwer.

Er wollte nicht mehr in Bars gehen.

Atlantic City forts.

Eigentlich war es kein richtiges System. Es war eher so der Gedanke von jedem im Casino.
Kommt fünfmal Rot, setzt du auf Schwarz, kommt wieder Rot verdoppelst Du Deinen Einsatz.
Die Rechnung geht nie auf. Obwohl nach dem Gesetz der Wahrscheinlichkeit es sich immer wieder auf 50:50 einpendelt. Es geht trotzdem nicht auf.
Ein System gibt es nicht.

Er hatte sich auch mal ein System für Pferdewetten überlegt. Immer den Favoriten nehmen und auf Platz setzen, nie auf Sieg. Die Wahrscheinlichkeit, dass er Erster oder Zweiter wird, ist groß.
Es geht nicht auf.

Er setzte wieder auf Rot.

Er war nach vielen Jahren wieder mal im Spielcasino.
Spielen war dennoch nicht seine Leidenschaft.
Sie wollte einmal ein Casino sehen, nachdem sie sich doch wieder meldete, also führte er sie dort hin.
Deswegen setzte er ja auch immer auf Rot. Rot war die Farbe der Liebe. Er spielte mehr um die Liebe als um das Geld.
Es kam wieder Schwarz.

Sie tranken noch etwas an der Bar.
Er setzte auf Rot.

Er erklärte ihr, wie man Black Jack spielte.
Es kam Schwarz.
War die Wahrscheinlichkeit denn immer 50:50 oder vergrößert sie sich von Mal zu Mal?

Er küsste seiner Begleitung auf die Wange, nachdem sie
etwas gewonnen hatte.

Sie schaute so schön aus in ihrem blauen Kleid.

Er dachte nochmals über die Wahrscheinlichkeiten nach.
Glück im Spiel oder Pech in der Liebe?

Es sollte ein schöner Abend werden.
Sie amüsierte sich gut.
Er setzte nochmal, und verlor.
Er küsste sie nochmal, sie hatte wieder gewonnen.

Sie wollten nachher noch Essen gehen.
Er tauschte nochmal Geld um, und verlor.
Doch sie amüsierten sich gut.
Er wollte wieder setzen und merkte, daß er fast sein ganzes
Geld schon verspielt hatte.
Er hatte nun nicht mehr genug für das Abendessen.
Er wollte sich nicht offenbaren, oder gar als Spieler
dastehen.
Also setzte er alles, was er hatte, auf Rot.

Er betete nun um die Liebe.
Die Schüssel drehte sich wieder und die Kugel hüpfte.
Sie blieb auf Rot.

Der Abend war gerettet.

Nur fragte er sich kurz, hatte er nun Glück in der Liebe oder
nur im Spiel.....

(... Sie hatte sich danach wieder nicht gemeldet!!!)

Eine Weihnachtsgeschichte

Es war mal einer, der sollte eine Weihnachtsgeschichte
schreiben, aber ihm fiel keine ein.
Die Geschichte sollte ein Geschenk werden, und er hatte
nicht viel Zeit, denn Weihnachten würde bald kommen.
Das Geschenk sollte für seine Mutter sein.
Er dachte nach und nach.
So dachte er an die Jahre und fing einfach an:

Vor 36 Jahren zur selben Zeit war es auch Weihnachten.
Er konnte sich zwar nicht mehr daran erinnern.
Es war bestimmt ein schönes Weihnachten.

Doch er wusste, sie war für ihn da.

Vor 30 Jahren zur selben Zeit war es auch Weihnachten.
Der Baum war aus Plastik, jedoch schön dekoriert.
Die ganze Familie war da. Es war ein schönes Fest.

Denn er wusste, sie war für ihn da.

Vor 15 Jahren zur selben Zeit war es auch Weihnachten.
Der Baum war eine große Tanne.
Nicht mehr die ganze Familie war da.
Es waren aber dafür noch andere da. Deswegen war es ein
besonders schönes Weihnachten.

Doch er wusste, sie war trotzdem für ihn da.

Vor 5 Jahren zur selben Zeit war es auch Weihnachten.
Der Baum war etwas kleiner.
Es waren nur wenige da.

Es war trotzdem ein schönes Weihnachten.

Denn er wusste, sie war für ihn da.

Vor einem Jahr zur selben Zeit war es auch Weihnachten
Es gab nur Tannenzweige.
Es waren immer noch nicht mehr da.
Es war trotzdem ein schönes Weihnachten.

Und er wusste, sie war für ihn da.

Und nun ist wieder Weihnachten.

Und ganz besonders jetzt wusste er, wie sehr sie für ihn da war.

Er gab es ihr.
Sie hatte sich gefreut.

Ein Tag wie jeder andere

Es war ein Tag wie jeder andere.
Man stand früh auf, ging in die Arbeit.
Manche kauften ein. Andere blieben zu Hause.
Manche waren auch spazieren gegangen.
Abends ging man wieder ins Bett um frisch zu sein
für den nächsten Tag.

Es war ja nur ein Tag wie jeder andere.

An einem See in einem Park steht ein Stein.
Vier Namen sind darin eingraviert.
Drei Jungs und ein Mädchen.

Sie waren alle zwischen neun und zehn Jahre alt.

Es war an einem Tag vor ein paar Jahren im Winter.
 Der See war zugefroren.
Sie waren beim Schlittschuhlaufen, als das Eis brach.

Die Polizei hatte 40 Zeugen benannt.
Keiner hatte ihnen geholfen

Hinter jedem Namen war ein Kreuz.
Die Stadt hatte den Stein dort aufgestellt.

Das Wasser im See ist an der tiefsten Stelle nur etwas über
einen Meter tief.

Justitia

Er blickte auf den vollen Aschenbecher nieder. Er war schon seit Tagen nicht geleert worden, obwohl er die Schubladen schon geräumt hatte und die Bücher weggestellt hatte. Auf dem Schreibtisch klebte ein gelber Zettel

„ Leeren Sie endlich Ihren Aschenbecher!"

Es waren immer weniger Leute gekommen. Das Telefon hatte immer seltener geklingelt.
Er spürte keine Wehmut. Es war eh nicht sein Traumjob gewesen.

Er blickte nochmal aus dem Fenster. Unten auf der Straße lief ein blondes Mädchen in einem hellblauen Kostüm vorbei.

Er ging wieder vom Fenster zurück und setzte sich in seinen Ledersessel.
Er drückte seine Zigarette in dem überquellenden Aschenbecher aus und nahm noch einen Schluck Kaffee.

Er wollte noch einen Anruf machen, aber ihm fiel nicht ein, wen er anrufen sollte.

Justitia ist blind, dachte er. Es wird wohl so sein.

Er las noch einmal den kleinen Zettel.

„ Leeren Sie endlich Ihren Aschenbecher!"

Er öffnete die Eingangstür und betrachtete das bronzene Schild mit seinem Namen „Rechtsanwalt" darauf.
Er fasste es an beiden Enden an und zog leicht daran.
Es löste sich sofort.
Er war die ganze Zeit nicht in der Lage gewesen, es ordnungsgemäß zu montieren. Deswegen hatte es sich sowieso regelmäßig gelöst und lag öfters auf dem Boden vor der Eingangstür.
Nun hatte es sich aber endgültig gelöst. Er spürte keine Wehmut.

Er steckte es in seinen schwarzen Koffer neben den Gesetzband, der in einem braunen Karton eingepackt war.

Er öffnete nochmals die Eingangstür, streifte sein Jackett über, lockerte seine Krawatte, nahm Koffer und Schild, schloss die Tür und ging.

Den Aschenbecher hatte er nicht geleert.

Der Geschichtenschreiber

Es war einmal ein Geschichtenschreiber.

Er lebte in einer kleinen Stadt und alle anderen, die dort auch lebten, wussten, dass er der Geschichtenschreiber war.

Nur hatte die Sache einen kleinen Haken.
Er hatte noch nie eine Geschichte geschrieben.

Und wenn er auf der Straße ging, sagten alle, schau, dort läuft der Geschichtenschreiber, der noch nie eine Geschichte geschrieben hatte.

Das ärgerte ihn schon, doch was sollte er machen. Er hatte immer wieder Ideen, doch er brachte nichts aufs Papier.

So lief er schon viele Jahre durch die Stadt.
Meist etwas gebeugt.

Eines Tages setzte er sich auf eine Bank in dem kleinen Pavillon im Park, auf der er öfters zum nachdenken saß, als sich ein Mädchen neben ihn setzte. Er hatte sie gar nicht kommen sehen.

„ Du bist doch der Geschichtenschreiber?", sprach sie ihn an.

„ Ja, aber ich hab doch noch nie wirklich eine Geschichte geschrieben!" beichtete er ihr.

„ Komm, schreib einfach. Schreib eine Geschichte für mich", erwiderte sie.

„ Aber mir fällt doch nichts ein", bedauerte er wieder.

„ Dir fällt bestimmt etwas ein. Wir treffen uns morgen wieder hier!"

„ Aber...."

Bevor er fertig sprechen konnte, war sie auf einmal wieder weg.
Er schaute überall herum, konnte sie aber nicht mehr sehen.
Also ging er wieder nach Hause.

Zu Hause setzte er sich, wie immer, an seinen kleinen Tisch und versuchte zu schreiben. Doch ihm fiel, wie immer, nichts ein.
Dann dachte er an das Mädchen von der Bank.
Er dachte an ihr blondes Haar, ihre so schönen Augen und ihre so zarte Stimme.

Und auf einmal fing er an zu schreiben.
Wie noch nie zuvor glitt sein Stift über das Papier.
Er schrieb die ganze Nacht durch.
Am nächsten Morgen war er endlich fertig.
Seine erste Geschichte war geschrieben.

Er war seit langer Zeit nicht mehr so glücklich und stolz gewesen, doch am meisten war er darauf gespannt, das Mädchen wieder zu sehen.

Er ging zur selben Zeit, wie am Tag zuvor, zum Pavillon, um das Mädchen zu treffen.

Kaum hatte er sich gesetzt, war sie auch schon da.

„ Und ?", fragte sie ihn.

„ Ich habe meine erste Geschichte geschrieben!", gab er an.

„ Ich hab es doch gewusst!
 Mach so weiter. Ich sehe Dich in einer Woche wieder", erwiderte sie

„ Aber, warte doch..."

Sie war schon wieder verschwunden.

Er ging wieder nach Hause.
Er setzte sich an seinen kleinen Tisch und fing an, er konnte es kaum fassen, zu schreiben.
Er schrieb und schrieb und schrieb.
Eine ganze Woche hatte er fast nur geschrieben.
Fast jeden Tag eine neue Geschichte.

Nach einer Woche ging er wieder zum Pavillon um das Mädchen zu treffen.
Er setzte sich hin und wartete.
Er wartete und wartete und wartete.
Doch sie kam nicht.

Er ging wieder nach Hause.
Er setzte sich an seinen kleinen Tisch und wollte schreiben.
Doch ihm fiel nichts mehr ein.
Es war auf einmal wieder, wie es immer gewesen war.

So war es am nächsten Tag und am Tag danach und die nächsten Wochen.

So ging er mal wieder, als er durch die Stadt lief, rüber zum Pavillon zu seiner alten Bank und dachte wieder nach.

„ Hallo, Geschichtenschreiber", hörte er auf eimal eine Stimme neben sich.

Es war das Mädchen.

„Wie geht es mit den Geschichten?", fragte sie.

„ Auf einmal nicht mehr so gut.
Mir fällt nichts mehr ein.
Ich glaube, ich kann nur schreiben, wenn ich Dich gesehen habe!", meinte er.

„ Ja", nickte sie.

„ Was machst Du denn mit mir? Wie machst Du es denn, dass ich nur schreiben kann, wenn ich Dich sehe? Wieso schaffe ich es denn nur dann, Geschichten zu schreiben? Verzauberst Du mich? Sag es mir", flehte er sie an.

„ Ich bin keine Zaubererin. Die Geschichten schreibst Du auch ohne mich.
Ich gebe Dir nur Willen und Mut.
Ich war mir nur nicht sicher, ob ich es bin, der sie Dir geben kann."

Sie nahm seine Hand und und er die ihre.

Von da ab wurden sie ein Paar.

Und wenn er durch die Straßen ging, sagten die Leute:

„ Schau, dort läuft der Geschichtenschreiber, der mit den schönsten Geschichten!"

Meine Heimatstadt forts.

Vor vielen Jahren musste er in der Schule
einen Aufsatz schreiben. Das Thema hieß
`Meine Heimatstadt`. Die Stadt, in der man
zu Hause ist, sollte darin genau beschrieben
werden.

Der Aufsatz erfolgte so:

Meine Heimatstadt

*In meiner Heimatstadt gibt es viele Häuser,
große und kleine, sie könnten aber überall
sein. Es gibt auch viele Schulen. Aber auch
die könnten überall anders sein.
Autos, Geschäfte und Cafes. Kneipen,
Brücken, Kirchen und Büros.
Aber auch die könnten überall sein.*

*Es gab auch einen großen Park.
Dieser könnte natürlich auch überall sein.
Doch nicht ganz.
Denn in diesem Park steht ein Baum.
Ein Baum unter vielen und doch nicht
wirklich.
Denn dieser Baum hat etwas besonderes.
In ihm ist nämlich etwas eingraviert:*

Ein Herz mit zwei Buchstaben in der Mitte.

*Nur dort wo dieser Baum ist, ist meine
Heimatstadt*

Egal wie viele Autos kommen und gehen.
Wieviele Häuser gebaut oder wieder
abgerissen werden.

Der Baum wird dort für mich immer
vorhanden sein.

Das ist für mich meine Heimatstadt.

Er musste nach langer Zeit wieder an den
Aufsatz denken.
Er hatte damals ein ´Ungenügend` darauf
bekommen.

Was für ihn aber damals wie jetzt nicht
wichtig war und ist.

Denn er traf sie wieder.
Sein Mädchen mit dem blauen Kleid.

Und nun wusste er, dass es den Baum
wirklich gibt.
Den Baum mit dem eingravierten Herzen.

Und würden tausend Jahre vergehen.
Diesen Baum würde er immer wieder finden.

Denn nur da wo sie ist, ist seine Heimatstadt.

Und nochmal Pall Mall

Er kritzelte mit einem Filzstift auf den Zeilen eines linierten
Blockes.
Der Filzstift war sein eigener. Er hatte viele bunte. Doch er
benutzte diesmal den Schwarzen.
Den Block hatte er seinen Eltern geklaut.

Sorgfältig hatte er versucht, auf den Zeilen zu bleiben.
Und bald hatte er schon zwei große Seiten fertig
‚geschrieben‘.

Stolz ging er ins Wohnzimmer, wo Besuch war.

Er ging auf den ersten Besucher zu, seinen Brief in der
Hand, eine erwachsene Schreibschrift imitierend.

„ Schau, ich habe eben einen Brief geschrieben. Willst Du
ihn nicht durchlesen?“

„ Aber Du kannst doch noch gar nicht schreiben, Du bist
doch noch gar nicht in der Schule!“, erhielt er als Antwort

„ Aber versuch es doch“, wiederholte er.

„ Bald wirst Du in die Schule kommen und in ein paar
Jahren wirst Du ganz gut schreiben können“, antwortete ein
anderer.

„ Der Kleine hat einfach zuviel Phantasie“, meinte ein
anderer und alle fingen an zu lachen.

Er verließ das Zimmer.

Sie waren ihm nicht sympathisch.

Sein Vater war inzwischen nach Hause gekommen.

„ Hallo, wir haben Besuch", sagte er seinem Vater, der als
Erstes in die Küche gegangen war.

„ Ich habe einen Brief geschrieben und die da drin meinen
alle, ich könne nicht schreiben.
Aber ich kann doch sehr wohl schreiben!"

Er wartete die Reaktion seines Vaters ab.
Denn er war nun seine letzte Rettung.

„ Also, lass mich mal sehen."

Der Vater nahm den Block, setzte sich auf einen kleinen
Hocker und zündete sich eine Zigarette an.

Er blickte auf den Block, dann wieder zu ihm, und
nochmals auf den Block.
Er zögerte kurz.

Dann fing er an, den Block vor sich haltend, laut zu lesen:

„ Hallo, wie geht's, wollte nur erzählen, dass ich einen
schönen Tag hatte.
Habe heute morgen gespielt, dann waren wir vor dem
Mittagessen
spazieren, dann.............................

Es wurde schon fast wieder dunkel.

Er blickte nochmal auf den Pavillon.

Er heißt Monopteros und ist ein Tempel im griechisch-römischen Stil.
Er hat zehn Säulen, die kreisförmig angebracht sind, mit einer runden Kuppel.

Insgesamt ist der Tempel etwa zwölf Meter hoch.
Im Inneren stehen Steinbänke, auf die man sich setzen kann.

Er steht auf einem kleinen Hügel im Park.
Es führt kein Weg hoch auf den Hügel zu ihm.

Um hinauf zu gelangen muss man über das Gras hochsteigen.
Da er etwas höher gelegen ist hat man einen weiten Blick über die Stadt.

Viele hatten sich hier oben schon getroffen.
Manch ein Paar hatte sich hier schon verlobt.
Oft haben sich hier Süchtige ihre Spritze gegeben.
Manch einer seinen Rausch ausgeschlafen.
Andere sich das erste Mal geküsst.

Er wusste nicht, wie lange er auf der Bank so gesessen war.
Er hatte über vieles nachgedacht.

Er wusste nun selbst nicht mehr, ob vieles so gewesen war.
Ob es sie so gab, seinen Freund oder all die anderen?

Es war wieder kalt geworden.

Er schlug seinen Kragen hoch, zündete sich eine
Zigarette an und ging.

Doch wenn man oben steht und herunter
schaut und nochmal schaut und ganz genau
schaut, über die Stadt, vielleicht kann man ihn
sehen, sie, vielleicht auch seinen Freund
und vielleicht auch all die anderen.

••••••••••••